Leonhard Sudermann

Eine Deputationsreise von Russland nach Amerika

Leonhard Sudermann

Eine Deputationsreise von Russland nach Amerika

Unveränderter Nachdruck der Originalausgabe von 1897.

1. Auflage 2023 | ISBN: 978-3-36860-733-3

Verlag: Outlook Verlag GmbH, Zeilweg 44, 60439 Frankfurt, Deutschland
Vertretungsberechtigt: E. Roepke, Zeilweg 44, 60439 Frankfurt, Deutschland
Druck: Books on Demand GmbH, In de Tarpen 42, 22848 Norderstedt, Deutschland

Eine Deputationsreise

— von —

Rußland nach Amerika

— vor —

vierundzwanzig Jahren.

Aufgezeichnet von

Leonhard Sudermann.

1897.
Mennonitische Verlagshandlung,
Elkhart, Ind.

Vorwort.

Schon vor einigen Jahren erging die Aufforderung an mich jene Reise zu beschreiben, die wir vor 24 Jahren im Auftrage unserer Gemeinden von Rußland und Preußen nach den Vereinigten Staaten und Canada unternahmen, und die unmittelbar darauf, für Viele, einen Heimatwechsel zur Folge hatte, der in der Geschichte unserer Gemeinschaft, für die Zukunft immer wichtig bleiben wird.

Es war damals die Absicht dieselbe in einem unserer Gemeinschaftsblätter zu veröffentlichen, oder auch einem Kalender beizufügen. Beides schien mir, für mich zu beurteilen, nicht geeignet, da solch ein Gemeinschaftsblatt für Manchen nicht den Wert hat es aufzubewahren, solches auch unbequem ist wenn es eine Anzahl Nummern erfordern würde. Einem Kalender sie beizufügen würde eine Reisebeschreibung wie diese, wenn sie etwas eingehend behandelt wird, zu umfangreich werden. Es sollte, meines Erachtens, ein besonderes Heft, das man aufbewahren und auch gelegentlich den Kindern in der Familie zu lesen empfehlen könnte, daraus gemacht werden.

Ich hätte gewünscht, daß eine kundigere Feder diese Arbeit übernommen hätte, doch dazu war leider wenig Aussicht, weil Br. Wilh. Ewert von Bruderthal, einer unserer Mit-

deputierten schon damals nicht mehr unter den Sterblichen
war. Er hatte unterdessen schon noch einen wichtigeren Heimatwechsel unternommen -- und Br. Jacob Buller, Neu
Alexanderwohl, so unglücklich war auf der Rückreise, schon
nahe am Ende derselben, daß man ihm sein Notizbuch aus
dem Ueberrock im Bahnwagen entwendete. Ich mußte mich
demnach entschließen, wenn Etwas in der Sache noch geshe=
hen sollte, die Arbeit zu übernehmen und machte mich auch
bald daran. Meine ziemlich aus führlich gemachten Notizen,
kamen mir dabei gut zu statten, daß nachstehendes zwar un=
vollkommene Werkchen zu Stande kam.

Ich übergebe es somit der Oeffentlichkeit unserer Ge=
meinschaftsgenossen, mit der Bitte, es nachsichtig zu beurtei=
len. Möge es unseren Gemeinschaftsgliedern eine Aufmun=
terung sein fest zu halten an dem Bekenntnis der Hoffnung
in der Reichssache unseres Gottes und hochgelobten Friedens=
königs Jesu Christi, wünscht von Herzen

Der Verfasser.

Eine Deputationsreise

— von —

Rußland nach Amerika.

Es war eine ernste Frage, die unsere Taufgesinnte Gemeinschaft in Rußland und Preußen zu dem Entschluß brachte, eine Deputation nach Amerika in die Vereinigten Staaten zu senden, um einen geeigneten Platz zu suchen, wo wir auch in Zukunft Glauben und Bekenntnis nach evange= lischer Vorschrift uns und unsern Kindern zu bewahren die Hoffnung hätten.

Unsere Väter waren es gewohnt, hier dies arme Erden= leben als ein Wanderleben zu betrachten, in dem sie durch Anfechtung aufs Wort zu merken immer aufs neue unter= richtet wurden. Hat doch unser treuer Oberhirte auch mit der Anfechtung Seine gute Absicht mit den Seinen, indem sich dann die Wahrheit der Strofe bestätigt findet:

Saueransehen, Schelten und Schmähen
Pflegt nur die Spreu von dem Weizen zu wehen;
Treibet zu Jesu und mehret den Mut,
Unserm Inwendigen ist es sehr gut.

Es bleibt aber oft nicht nur beim Saueransehen, beim
Schelten und Schmähen, es geht und ging ihnen auch oft
ans Leben und mancher Märtyrer hat selbst noch nach der
Reformation sein Leben auf dem Scheiterhaufen zum Opfer
gebracht, weil er Treue bewies für die Ueberzeugung der
Wahrheit, auch mit dem Teuersten, was er hatte, mit sei=
nem Leben einzustehen. Unsere Glaubensgenossen erfuhren
bei wiederholtem Wechsel der Regenten, wenngleich große
Einschränkung in mancher Beziehung, doch im allgemeinen
gnädige Duldung. — In Rußland glaubte man, durch ein
ewiges Previlegium das ihnen im Jahre 1800 von Kaiser
Paul verbrieft wurde, der Anfechtung enthoben zu sein. Da
brachte vor 26 Jahren ein neues Militärgesetz, das ohne
Unterschied — die dortigen deutschen Kolonisten nicht aus=
geschlossen — die Unterthanen zum Militärdienst verpflich=
tete, sie in Unruhe und veranlaßte die Sendung einiger
Brüder nach Petersburg, um höchsten Ortes genaue Erkun=
digungen einzuziehen, ob nicht unsere Zukunft, trotz einem
ewigen Previlegium doch gefährdet sei. Die Antwort, die
man dort erhielt war keineswegs beruhigend. Im ge=
mäßigsten Fall könne man uns von direktem Waffendienst
frei machen, aber doch nicht des Sanitätsdienstes entbinden.
Da wir aber auch im Sanitätsdienst doch das Kriegswesen
unterstützen würden, wenn wir uns dazu anwerben ließen,
und da wir überhaupt auch beflissen sein wollen, unsere Ju=
gend vor den Gefahren, denen sie im Kasernenleben ausge=
setzt sein würden, zu bewahren, so fanden wir wenig Beru=
higung in dem, was dort zu erkundigen uns zur Aufgabe
gemacht wurde. Wir sahen unsere Existenz in Rußland für
die Zukunft entschieden gefährdet und mußten uns ernstlich

mit dem Gedanken an einen Heimatwechsel vertraut machen.

Diese Sorge war eine recht ernste, dazu eine allge=
meine, und veranlaßte mehrere Zusammenkünfte zur einge=
henden Besprechung über diesen Gegenstand. Amerika lag
uns als Antwort auf die Frage: „wohin" am Anfang sehr
fern, aber eine Anzahl Auswanderer von 50—60 Tausend
Seelen, die allein im südlichen Rußland zu berechnen war,
wo sollten die wohl in Europa eine angemessene Zufluchts=
stätte finden können? — Es kostete nicht geringe Kämpfe zu=
nächst sich selbst zu überwinden, in dem daß man überhaupt
Amerika bei dieser Frage in Betracht zog. Amerika war nach
unseren Begriffen ein Erdteil, interessant für Abendteurer,
eine Zufluchtsstätte für Verbrecher; wie könnte man über=
haupt bei solcher und ähnlicher Bevölkerung neben rohen
Eingebornen, daran denken, im Frieden unter seinem Wein=
stock und Feigenbaum eine Heimat zu finden? — Das wäre
allenfalls zu wagen, für Jemanden, der die Taschen voll ge=
ladener Revolver hätte und darauf Rechnung machte, sein
Leben schlimmstenfalls in die Schanze zu schlagen, aber für
eine wehrlose Gemeinschaft könne das unmöglich eine geeig=
nete Heimat werden; dazu kam noch die lange beschwerliche
Reise über den atlantischen Ocean. Welch einen Kostenauf=
wand würde sie erfordern, für eine Gemeinschaft die daran
denken müßte, Alles zu verlassen und mehrenteils arm, von
der alten Heimat Abschied zu nehmen. Solche, und unzäh=
lige ähnliche Bedenken mußten erst überwunden werden, ehe
man zu dem Schluß kam, in so weit sich selbst zu bekämpfen,
daß man bei dieser Frage überhaupt Amerika mit in Rech=
nung nahm. Es galt aber doch allen Ernstes in dieser be=
denklichen Lage, in der wir uns befanden, einen Entschluß

zu fassen und die Wahl in dieser wichtigen Frage uns zu entscheiden, war und blieb immer nur sehr beschränkt. Manchen,
die dieses lesen, wird es wenig begreiflich sein, wie wir uns
ein solches Urteil über Amerika bilden konnten, aber woher
sollten wir ein besseres nehmen, in dieser enormen Entfernung. Wir hatten wenig Gelegenheit uns ein gesundes
Urteil zu bilden, nur was die öffentlichen Blätter uns be-
richteten, und wie solche Berichte lauten, namentlich in Rußland, lehrt uns heute noch die Erfahrung. Doch die Not
drängte uns zur Entscheidung und da hatte man vor allen
Dingen daran zu denken, zunächst die Sache mit Amerika
möglichst gründlich zu untersuchen, und dazu wurden sich
die Gemeinden an der Molotschna und bei Mariapol, auch
eine Anzahl unserer Glaubensgenossen in Westpreußen,
nach mehrmaliger wichtiger Beratung schließlich einig. Der
Entschluß dazu bewies doch einigen Ernst im Halten an
dem Bekenntnis. Man hatte auch wohl kaum unter den
höchsten Beamten, in Petersburg daran gedacht, daß wir
mit unsern Gedanken und Entschließungen zu dem Facet
kommen würden. Wir wurden daran dort auch schon er-
innert, als Grafen und Senatoren uns sagten: Wo wollt
ihr hin? Amerika ist weit und Australien ist noch viel
weiter.

Sie bekamen darauf zwar von uns zur Antwort:
Australien wäre uns, mit Gottes Hilfe nicht zu weit,
wenn wir dort Hoffnung fänden, Glauben und Bekenntnis zu bewahren. Doch wurde wohl in Petersburg nicht
darauf gerechnet, wie es sich später erwies, daß wir mit
einem Entschluß nach Amerika Ernst machen würden. Dieser Entschluß kam im Frühlinge des Jahres 1873 zur Reise,

und zunächst wurden von den Gemeinden Männer aus=
gewählt, die eine Untersuchungsreise unternehmen sollten,
um Land und Leute im neuen Weltteil kennen zu lernen,
und überhaupt ein Urteil sich zu bilden, ob und wo man
zunächst in Canada und in den Vereinigten Staaten unter
den obwaltenden Gesetzen eine geeignete Stelle finden könne
für eine Ansiedlung für unsere zahlreiche Gemeinschaft.
Schreiber dieses war einer von den zweien, die aus unserem
speziellen Gemeinschaftsverbande dazu in öffentlicher Ver=
sammlung ausgewählt wurden. Erst war es Bruder Jacob
Buller, Aeltester von der Alexanderwohler Gemeine, an den
zuerst die Aufforderung zu dieser so wichtigen Untersu=
chungsreise erging, dem dann Schreiber dieses noch beige=
sellt wurde. Es war keine Vergnügungsreise die wir zu
unternehmen die Aufgabe hatten, vielmehr eine, mit ern=
sten verantwortungsvollen Pflichten betraute Arbeit. Nach=
stehende Vollmacht wurde uns zu diesem Zweck ausgestellt.

An die ehrwürdigen Kirchenältesten Jakob Buller in Alex=
    anderwohl und Leonhard Sudermann in Berdjansk.
Teure Aeltesten und Brüder!

In Erwägung unserer mißlichen Stellung dem projek=
tierten, und in seinen äußern Umrissen uns bereits bekannten,
neuen Wehrgesetz gegenüber, haben wir Unterzeichnete auf
Grundlage der uns von unserer Regierung gestatteten Aus=
wanderungsfrist von zehn Jahren Sie durch Wahl bestimmt,
als Deputierte nach Nord=Amerika zu gehen und dort für
uns und unsere Angehörigen einen Ort zu einer neuen Hei=
mat zu suchen und zu sichern. Wir überlassen es zwar, die
Wahl derselben und die speziellen Bedingungen bei Ihrer

Sicherung ganz Ihrem Ermeßen, doch bitten wir sie Nach=
stehendes, als unerläßlichen Vorbehalt, jedem etwaigen Ver=
trage mit einem Staate zu Grunde zu legen:

(a) Gesetzliche Zusicherung vollkommener Religionsfrei=
heit und, was für uns genau damit zusammenhängt, voll=
ständige Befreiung von jeder Art Militärdienst.

(b) Land, sowohl an Qualität wie auch in Bezug auf
Quantität unsern Bedürfnissen, die Ihnen hinlänglich be=
kannt sind, entsprechend, sei es nun unentgeltlich oder auch
teilweise gegen Bezahlung mäßiger Preise unter möglichst
leichten Bedingungen, die Zahlungstermine betreffend.

(c) Zusicherung einer ähnlichen abgeschlossenen Gemeinde=
verfassung mit dem Gebrauch der deutschen Sprache in un=
sern selbstgewählten Vorständen, wie wir es hier bis jetzt
hatten.

(d) Nicht unerläßlich, aber wünschenswert und zur För-
derung der Auswanderung an und für sich, wäre die Er=
leichterung resp. Herabsetzung des Ueberfahrtsgeldes von
Rußland nach Amerika, wie sie uns schon von Seiten der
canadischen Regierung in Aussicht gestellt ist.

Was Sie in dieser Sache für uns thun, abschließen oder
übernehmen, dem verpflichten wir uns, so viel an uns ist,
in der uns gestatteten Auswanderungsfrist nachzukommen.

Ihnen den Beistand des Herrn und damit Ihrem Wirken
segensreichen Erfolg von Herzen wünschend unterzeichnen
wir uns: Zahlreiche Unterschriften.

Wir machten uns, unter den Segenswünschen unserer
Familien und der Gemeinden, welche uns mit Vollmachten
versehen hatten, Ende April 1873 auf den Weg, reiseten zu=

nächst nach West=Preußen, wo wir am 3. Mai ankamen und
uns noch eine Woche aufhielten in der Gemeinde zu Heubu=
den bei Marienburg und wo sich uns Br. Wilh. Ewert aus
der Thorner Gemeinde anschloß. Den 10. Mai kamen wir
nach Berlin, hörten am 11. in der Domkirche den Hofpredi=
ger Kögel und setzten abends unsere Reise nach Hamburg
fort, wo wir den 12. morgens eintrafen. Hier gab es Ar=
beit mit Geldwechseln und Billetslösen. Am 14. gingen
wir um ½8 Uhr zum Hafen, bestiegen dort zunächst ein klei=
nes Dampfboot, das uns in ein paar Stunden nach Stade
brachte, wo unser Dampfer, den wir zur Ueberfahrt nach
Amerika benutzen wollten, die Frisia, vor Anker lag. Als
um 12 Uhr mittags ein zweites kleines Dampfschiff die Post
brachte, wurden, während wir Mittag aßen, die Anker ge=
lichtet und unser Dampfer, ein pompöses Bauwerk in unsern
Augen, wie wir ein zweites bis jetzt noch nicht gesehen hat=
ten, eilte von einem Lotsen geführt der Elbenmündung zu.
Ein Viertel auf 6 Uhr abends hielt das Schiff noch einmal,
der Lotse übergab dem Schiffskapitän die Leitung und bestieg
ein kleines Boot; seine verantwortungsvolle Aufgabe war
gelöst. Alles was wir sahen war uns neu und war uns
wichtig. Zunächst kam uns Hellgoland, das ja vor Kurzem
aus englischen in deutsche Hände gekommen war, in Sicht;
da kamen wir der holländischen Küste bei Rotterdam ganz
nahe, wo viele Schifferboote das Wasser kreuzten; dann ver=
loren wir jeden Anknüpfungspunkt mit dem Lande -- wir be=
fanden uns im offenen Wasser der Nordsee.

Die Beschäftigung der Matrosen und der Schiffsbeam=
ten war uns ebenso neu wie interessant. Man untersuchte
mit einem Senkblei, dessen Ende mit Talg bestrichen war,

den Meeresgrund; man zog mit einer Maschine die Sonne
scheinbar auf den Meeresspiegel und machte dabei Berech=
nungen.   Dann kommt die französische Küste in Sicht und
wir passieren die Meerenge zwischen Dover und Calais.
Den 16. Mai morgens 2 Uhr, erreichten wir den Hafen von
Havre, mußten aber die Flut abwarten und gingen mit der=
selben unmittelbar bis hart an das Küstenufer an die Schiffs=
brücke.   Nachmittag machten wir einen Spaziergang auf
französischem Boden und in einer französischen Stadt.
Havre ist schön, namentlich auf der Terrasse die einen Berg
bildet, der nach Norden sich hebt, und den wir bis zu 250
Stufen erstiegen, wo wir die herrlichsten Anlagen fanden
mit dem schönsten Blumenschmuck auf Bäumen, Sträuchern
und Pflanzen.   Kastanienbäume in voller Blumenpracht
mit roten und weißen Blüten, Rosen, Tulpen und Vergiß=
meinnichtbeete, wie Natur und Kunst sie nur auf's prächtigste
zu entwickeln fähig ist, zeigten uns die Güte unseres Gottes
in Seinen mannigfachen Wundern.   Die Aprikosen hatten
bereits die Größe einer Haselnuß erreicht.   Auffallend waren
uns auf den saubern Straßen die merkwürdig schweren
Pferde und die eigentümlich gebauten kollossalen Karren, vor
welche sie gespannt waren.   Große Baumwollenbällen lagen
an der Küste des ausgezeichneten Schiffshafen mit seiner merk=
würdig tiefen Bucht, wie wir sie von der Terrasse aus sehen
und beurteilen konnten.   Alles Dinge, die unsere Aufmerk=
samkeit im vollen Sinne des Wortes fesselten.

Mittags 12 Uhr ging unser Schiff mit der Flut wieder
in See und fuhr uns durch den Kanal allmählich zwischen
England und Frankreich hindurch in den großen atlantischen
Ocean.   Es waren von Havre aus circa 1100 Menschen an

Bord. Eine kleine Welt, die sich einstweilen in die Schran=
ken eines großen schwimmenden Baues vereinigt sieht, der
aber doch auf der großen unabsehbaren Wasserfläche, als
ein Spielball nur den tückischen Elementen unterworfen
ist, die schon unzähligen solchen prächtigen Bauwerken im
Kampfe ihre grausame Ueberlegenheit gezeigt haben. Aber,
wer unter dem Schirm des Höchsten sitzet und unter dem
Schatten des Allmächtigen bleibet, der spricht zu dem Herrn:
Meine Zuversicht und meine Burg, mein Gott auf den ich
hoffe. Pf. 92. Unser Schiff legte täglich von 264 bis 324
Seemeilen zurück.

Mittwoch, den 21. Mai konnten wir aber nur mit
der Fahrt langsame Fortschritte machen, indem am Vor=
mittag ein dichter Nebel alle Aussicht verwehrte, aber um
Mittagszeit klärte sich der Himmel und wir bemerkten in
der Ferne am westlichen Horizont einen schmalen Streifen,
der uns auf Land schließen ließ. Bald wurde es uns klar,
daß wir uns nicht täuschten. Die Hoffnung, nun bald das
Ziel einer langen gefährlichen Seereise erreicht zu haben,
erregte unter den Passagieren allgemeine Freude. Es zeig=
ten sich in der Nähe und Ferne verschiedene Fischerboote,
von denen eins unvorsichtiger Weise auf unser Schiff los=
rannte, so daß wir besorgt wurden, ob es auch ernstlichen
Schaden erlitten haben möchte. Unter Andern näherte sich
uns ein gefälliges weißes Boot mit dem unser Kapitän
Signale wechselte, worauf dann ein Lotse unser anhal=
tendes Schiff bestieg der uns in den New Yorker Hafen
bringen wollte. Die Ankunft desselben erregte allgemeine
Heiterkeit und gab uns die Hoffnung, noch diesen Tag in
den Hafen einzulaufen.

Es währete auch nicht lange, so kam die amerikanische
Küste immer näher, die unsere Neugierde alles Ernstes auf
sich zog. Herrliche Landschaften entfalteten sich unsern
Blicken, die immer wieder, mit neuen, noch schöneren ab=
wechselten. Links hatten wir die Küste von New Jersey,
die einen überraschend schönen Anblick gewährte in denen
wir die Villen der „Obern Zehntausend" in ihrer Man=
nigfaltigkeit im Geschmack der Bauart sehr nahe vor uns
hatten. Alle Passagiere waren oben und genossen die in=
teressante Aussicht. Als wir endlich in der Ferne die Stadt
New York gewahr wurden, machte unser Schiff Halt und
warf Anker. Die Sonne war unterdessen untergegangen,
aber lange noch war unser Auge gefesselt in dem Anblick,
den die neue Welt uns erschloß.

Als die Nacht allmählich ihr Recht zu behaupten be=
gann, gab uns die herrliche Beleuchtung in der Nähe und
Ferne noch lange immer neue Augenweide. Darauf be=
gaben wir uns mit warmem Dank gegen den treuen Herrn,
der uns vor Schaden und Gefahr gnädig bewahrt und uns
glücklich hatte das Ziel unserer Reise erreichen lassen, zur
Ruhe.

Donnerstag, den 22. Mai, mit Anbruch des Tages,
stand ich auf und ging auf's Verdeck. Mit mir waren auch
schon ein paar Damen da, die eben so in der Morgenluft
die neue Aussicht, die uns das Tageslicht bereitete mitge=
nießen wollten. Es wurde schon bei Zeiten der Frühstücks=
tisch gedeckt, und während wir aßen begann der Dampfer
seine Fahrt und brachte uns in kurzer Zeit an's Ziel. Viel
Neues und Interessantes bot uns schon der Hafen mit
seinen mannigfaltigen wunderlichen (und späßigen) Dam=

pfern. Das Schiff legte an und bald begann man mit Aus=
laden der Pakete und Kisten. Die Besichtigung unseres Rei=
segepäcks ging gut. Ein Freund aus dem Missionshause
empfing uns und stand uns bei unser Gepäck auf eine
Fuhre zu bringen. Im Missionshaus angekommen begrüß=
ten uns die Herren von der Northern Pacific Eisenbahn,
die uns zu Herrn Hübert, dem Agenten von dieser Bahn,
führten. Auf dem Wege von dort in unser Quartier begeg=
neten wir Geschwister Rudolph Riesens, die mit uns die
Reise gemacht hatten; sie hatten mit zwei Jünglingen von
den Unsern, unterdessen wir unsere Geschäfte besorgten,
schon Vorbereitungen zur Weiterreise getroffen und wollten
sich von uns verabschieden und nach Summerfield, Jll.
gehen. Wir waren von ihrem schnellen Entschluß, sobald
schon aufzubrechen, überrascht, hatten aber mit Gottes Hilfe
Aussicht, uns später doch noch zu treffen. Im Quartier an=
gekommen wurden wir von einem weiteren Agenten, Herrn
Hespler bewillkommt. Da die Northern Pacific Eisen=
bahngesellschaft uns mit einem Herrn in Philadelphia be=
kannt machen wollte, der Teilnehmer dieser Gesellschaft war,
Herr Hespler aber mit uns Manitoba besuchen wollte, und
vorschlug das Pfingstfest, vor dem wir unmittelbar standen,
mit den Brüdern in Canada zu feiern, beschlossen wir, daß
Br. Wilh. Ewert und Br. Andr. Schrag nach Philadelphia,
wir aber, Br. Jac. Buller, Br. Tob. Unruh und ich, nach
Canada gehen sollten, wohin uns Herr Hespler zu begleiten
beabsichtigte. Somit trennten wir uns folgenden Tages,
am 30. Mai, als die Brüder sich nachmittags nach Phila=
delphia begaben, und wir andern abends den Zug nach
Canada bestiegen, mit dem Uebereinkommen uns nach

Pfingsten in Elkhart, Ind. wieder zur Weiterreise zu ver-
einigen. Wir hatten, bevor wir uns trennten noch eine
Bekanntschaft gemacht mit Br. Fobbe, der uns zu sich ein-
lud und uns Nachtquartier gastfreundlich anbot. Br.
Buller, Br. Ewert und ich nahmen das Anerbieten an.
Wir fanden in dieser Familie herzliche Aufnahme, dazu
Liebe zu Gottes Wort und zu unserm wehrlosen Bekenntnis.
Auch wurden wir, bevor wir New York verließen noch mit
einem Herrn Hiller bekannt, der uns den sehr schönen öf-
fentlichen Garten von N. Y. zeigte, in dem wir auch das
Nachtessen nahmen.

Am 30. Mai gingen wir zum Bahnhof der Erie Bahn
und bestiegen den Zug. Man riet uns für die Nacht ein
Bett im Schlafwaggon zu nehmen. Auf dem Wege nach
dem Niagara Fall kamen wir von Warsaw über den Gene-
seefluß wo wir einen allerliebsten Wasserfall sahen; über
diesen Fluß führte, wie man uns sagte, die höchste Brücke
der Welt. Mittags 12 Uhr kamen wir bei der großen
Stadt Buffalo vorbei und unmittelbar darauf an die canadische Grenze, wo wir uns in Clifton einige Stunden aufhielten und bei der Gelegenheit das majestätisch großartige
Schauspiel im Anblick des Niagara = Falls genossen, unter
welchem unmittelbar darauf eine Brücke für Personen und
Gefährte führt von 450 Schritt Länge. Groß, o Gott,
sind deine Wunder und deine Werke, wer ihrer achtet der
hat eitel Lust daran.

Etwa drei engl. Meilen unterhalb des Falles ist die
Eisenbahnbrücke über diesen Fluß, über welche wir aus den
Vereinigten Staaten Canada erreichten. Abends 9 Uhr
verließen wir den Zug, der uns nach Preston gebracht hatte,

wo einer der canadischen Brüder, Br. Jac. Y Schantz,
uns empfing und uns zu Br. Jos. Erb brachte, bei wel=
chem wir und auch er mit seiner Frau, übernachteten. Am
1. Juni, nachdem wir im geschwisterlichen Hause gefrüh=
stückt hatten fuhren wir mit Br. Schantz in's Versamm=
lungshaus nach Creßmann, um zum ersten Male mit lieben
Gemeinschaftsgenossen in Amerika Pfingsten zu feiern. O
wie wohl that es dem Herzen, so unmittelbar nach der Lan=
dung im neuen Erdteil, dessen Besuch für uns so große
Wichtigkeit hatte, liebe Glaubensgenossen in so unerwartet
großer Zahl anzutreffen, mit so teilnehmenden Herzen für
unsere Not in der alten Heimat. Wir fühlten uns gestärkt
in unserer Aufgabe, als wir uns überzeugten, daß wir auf
einem Bekenntnisgrunde standen, wenn wir gleich bis da=
hin keinen Verkehr mit einander gehabt, kaum von einander
gewußt hatten.

> Ja, wenn Seelen sich zusammen finden
>   In denen Du, Herr Jesus, lebst,
> Die sich auf Deinen Tod verbinden
>   Und die Du selber trägst und hebst,
> Da öffnen sich die Herzen gleich;
> Da redet man vom Himmelreich.
>   Wo Christenseelen sich begegnen,
>   Da gilt's nur lieben, bitten, segnen.

Gerne leisteten wir, Br. Tob. Unruh und ich, der an
uns gestellten Aufforderung Folge, ein Zeugnis in der Ge=
meine abzulegen und freuten uns, wenn das gepredigte
Wort, von den anwesenden Predigern und Bischöfen Be=
stätigung fand. Nachmittag wurden wir zu dem Tunker=

2

bruder Philipp Halm gefahren, in dessen Hause eine Ver=
sammlung bestellt war.   Da waren einige Gäste aus der
Ferne, die zu dieser Gemeinschaft gehörten.   Wir wurden
auch hier zum Sprechen aufgefordert und predigten alle
drei.   Bei Bruder Elias Weber, einem Diakon, aßen wir
mit Geschwister Schantz zu Mittag.   Letzterer fuhr uns
abends auf eine seiner neuen Farmen, die sein Schwieger=
sohn, Br. Schneider, bewohnte.   Auch dort war eine Ver=
sammlung bestellt, die wir ebenso zu bedienen die Aufgabe
hatten.   Hier fanden wir auch gastliche Nachtherberge.

Am 2. Juni fuhr uns unser freundliche Gastgeber in's
Martins Versammlungshaus, wo wir den alten Bischof
Abraham Martin kennen lernten, der warme Teilnahme für
uns an den Tag legte, die auch später, bei der Einwande=
rung unserer Brüder nach Manitoba in dem reichen Opfer,
das er selbst für die Armen brachte, sich thatkräftig bewies.
Dazu gab er auch seinen Söhnen eine väterliche Aufmun=
terung ein Gleiches zu thun, und auch diese gaben ihrem
brüderlichen Sinn und ihrer warmen Teilnahme einen an=
erkennenden entsprechenden Ausdruck.   Als darauf im fol=
genden Jahre 1874, mit einer englischen Schifffahrts=Linie,
eine ansehnliche Zahl Familien unserer Glaubensgenossen
in Canada landeten, um in Manitoba sich ansäßig zu ma=
chen, kamen die canadischen Brüder ihnen mit einem herz=
lichen Willkommen bei ihrer Landung entgegen und der alte
Br. Martin machte auch noch die Reise nach dem Landungs=
platz.   Er hatte den Wunsch, ungeachtet Altersschwäche,
diese Glaubensgenossen, bei ihrer Ankunft persönlich zu be=
willkommnen.   Neunhundertsiebenundneunzig Seelen von
den Unsern verließen jenes mal das Schiff und wurden für

die Nacht in der Stadt einquartiert und am nächsten Mor=
gen waren es über Nacht tausend geworden. Zwar ent=
sprachen damals diese Einwanderer in mancher Hinsicht
wohl wenig den Erwartungen der canadischen Glaubens=
genossen, ungeachtet dessen haben sie sie doch brüderlich auf=
genommen und die vielen Armen unter ihnen ansehnlich
unterstützt; ja später durch bedeutende Geldanleihen, die
überaus schwere Ansiedlung in der neuen Provinz Mani=
toba zu erleichtern Sorge getragen. Der Herr und Bischof
unserer Gemeine, der da verspricht, selbst einen Becher kal=
ten Wassers, dem Geringsten Seiner Glieder gereicht, nicht
unbelohnt zu lassen, wird diesen lieben Geschwistern gewiß
auch ein reicher Vergelter sein. Bruder Martin fuhr mich
nach Berlin, wo wir im Versammlungshaus alle drei pre=
digten. Nach der Versammlung nahm mich Br. Baumann
in sein Haus, welches einige Meilen von der Stadt entfernt
ist. Er wünschte ich möchte seinen 87 Jahre alten Vater
besuchen, der von den Russen gehört, sie auch kennen zu ler=
nen wünschte. Br. Dettweiler mit seiner Frau waren dort
auch Gäste. Es versammelten sich auch noch andere liebe
Geschwister und wurde auch hier Anspruch auf Erbauung
gemacht, dem ich nach schwachen Kräften gerne genügte.
Zum Abend versammelten wir uns bei Br. Jacob Schantz,
wo meine beiden andern Reisegefährten eine Erbauungs=
stunde leiteten.

Den 3. Juni sahen wir uns am Morgen Br. Schant=
zens Sägemühle an; dann fuhren wir ins Versammlungs=
haus Latschar. Unterwegs hatten wir Gelegenheit, die
Maschine arbeiten zu sehen, mit der man die stärksten
Baumwurzeln aus der Erde hebt, um das Waldland urbar

zu machen. Im Versammlungshaus angekommen, hatte
der Gottesdienst bereits begonnen. Br. David Scherg
sprach über die Worte Ev. Joh. 8, 31. 32; darauf wurde
uns allen dreien noch Gelegenheit gegeben ein Zeugnis abzulegen. Br. Moses Baumann, der auch Gemeindediener
ist, nahm uns zu Mittag in sein Haus. Wir nahmen Gelegenheit seine Käsefabrik und eine interessante Wasserpumpe
uns anzusehen. Nachmittag ging es wieder in die Versammlung zu Dettweilers und dann in Br. Dettweilers
Haus, den wir von den Dienern gleich zu Anfang kennen
gelernt hatten, jetzt aber erst Gelegenheit bekamen ihn in
der Familie zu besuchen. Abends ging es wieder nach Berlin zurück, wo bei Br. Schneider noch eine Versammlung
bestellt war, von wo wir zur Nacht zu Br. Jac. Schantz
gingen, wohin uns Bruder David Scherg mit seiner Frau
begleiteten. Ich war vom Vormittag immer mit diesem
lieben alten Bruder gefahren und wir hatten auf dem Wagen gute Gelegenheiten uns über Manches auszusprechen
und zu verständigen. Das waren für mich drei wichtige
Tage, in denen ich Gelegenheit hatte viele liebe canadische
Brüder in Haus und Gemeine kennen zu lernen. In der
gottesdienstlichen Uebung war manches neu und ungewohnt
in Gesang und Predigt, doch keineswegs anstößig, vielmehr
fühlte ich mich durch diesen Verkehr mit jenen Brüdern
innig verbunden. Ich hatte in demselben eine vorläufig
befriedigende Antwort auf manche Frage, die uns hier im
neuen Lande zu untersuchen zur Aufgabe gemacht war. Zunächst hatten wir Gelegenheit uns zu überzeugen, wie Gemeinden, mit unserem Bekenntnis hier im Frieden ihrem
Glauben nachleben konnten und was das irdische Fort-

kommen anbetrifft, so fand ich die Familien unserer Glau=
bensgenossen hier allgemein im Wohlstand.

Mit dieser befriedigenden Ueberzeugung machten wir
uns am 4. Juni morgens, nachdem wir noch einige Fabri=
ken uns angesehen hatten, mit Br. Jac. Schantz auf den
Weg ins Innere dieses Landes und zwar zunächst nach Elk=
hart, Ind. Herr Hespler schloß sich uns an, denn unser
Plan war zunächst Manitoba zu bereisen. Von Berlin
wurde um 10 Uhr morgens abgereist und nachmittags um
3 Uhr verließen wir Canada und gingen über den Huron
See in den Staat Michigan. Hier sahen wir wie Wald=
brände großen Schaden angerichtet hatten. Dann trafen
wir auf gelichteten Stellen Farmen mit schönen Obst=
gärten. Darauf kamen wir um 7 Uhr nach Detroit und
eine halbe Stunde später in ein hübsches kleines Städtchen
Ypsilanti; am andern Morgen erreichten wir Three Rivers.
Da wir dort nicht direkten Anschluß fanden, hatten wir
Gelegenheit uns einige Fabriken anzusehen, in denen Pum=
pen verfertigt wurden, 30,000 Stück jährlich; auch sahen
wir dort eine bedeutende Papiermühle in der das Fabrikat
von Pappelholz gemacht wurde; außerdem waren dort große
Werkstätten, wo Ackergeräte und Getreidemühlen gefertigt
wurden. Merkwürdig waren uns auch die mineralischen
Quellen von denen wir eine besuchten und dort magneti=
sches Wasser tranken. Gesundbrunnen für Leidende, da
man trinkt und in denen man badet, wo damals zu gleicher
Zeit 350 Personen gesundheitshalber die Kur genossen und
die Bewohner der Stadt ab und zu gingen. Diese Quelle
wurde seiner Zeit auf folgende Weise entdeckt: Der Ei=
gentümer derselben hatte eine kranke Frau, die schon viele

ärztliche Mittel vergeblich angewandt hatte.   Merkwür=
diger Weise wurde sie, nachdem sie bei Gründung der
Stadt dort ein halbes Jahr gewohnt hatten, gesund.   Das
machte sie auf den Brunnen auf ihrem Platz aufmerksam;
man untersuchte das Wasser und überzeugte sich von seiner
mineralischen Heilkraft.   Ein Stückchen Eisen, oder auch
ein offenes Messer zehn Minuten an die Oeffnung der
Röhre aus der das Wasser fließt, gehalten, hebt eine
Nadel auf.

Unter den Gästen, die wir dort begegneten, waren
auch Mennoniten aus Indiana, deren Bekanntschaft zu
machen wir Gelegenheit hatten.   Seit acht Jahren hatte
diese Stadt ihr Bestehen und zählte damals bereits 4000
Einwohner.   Der längere, zwar unfreiwillige, jedoch für
uns sehr lehrreiche Aufenthalt in dieser Stadt, hatte leider
zur Folge, daß wir in Elkhart, wo wir am 6. Juni mor=
gens 2 Uhr ankamen, unsere Reisegefährten, die wir ver=
abredetermaßen hier zu treffen gedachten, nicht mehr vor=
fanden; sie waren bereits auf dem Wege nach St. Paul,
wo noch andere russische Brüder, die in derselben Aufgabe,
schon vor uns, über den Ocean gekommen waren, und
nun mit uns in Gemeinschaft Manitoba zu bereisen die
Absicht hatten, auf uns warteten.   Das veranlaßte uns,
ungesäumt einen Zug nach Chicago zu benutzen.

Dort angekommen trafen wir von Herrn Hiller be=
gleitet, unsere Brüder Wilh. Ewert und And. Schrag.
In der kurzen Zeit unseres Aufenthalts in dieser Stadt,
die damals 400,000 Einwohner hatte, sahen wir uns ge=
legentlich einen 300 Schritt langen Tunnel, der zwei
Straßen mit einander verbindet, an.   Mehr als auf dem

Wege von Elkhart nach Chicago befriedigte uns die Land=
schaft, durch die uns unser Zug durch Wisconsin führte.
Erst durchfuhren wir eine schöne fruchtbare Ebene, die
dann mit einer Gegend, die mehr Abwechselung bot,
wechselte.

Mittag hielten wir in Milwaukee; zu Abend aßen
wir in Portage; zur Nacht nahmen wir einen Schlafwag=
gon, der uns, als wir uns am Morgen bei Zeiten ange=
kleidet hatten, um 6 Uhr nach St. Paul brachte. Dort
angekommen begrüßten wir die Bergthaler Brüder. Zu=
nächst Br. Peters schon auf dem Depot, dann die Andern
in dem großartigen Gasthof, in dem wir unser Frühstück
nahmen. Doch mußten wir ungesäumt unsere Reise, mit
einem Anschluß nach Norden fortsetzen, da Br. John F.
Funk von Elkhart mit den Deputierten der sogenannten
kleinen Gemeine schon voraus auf dem Wege nach Ma=
nitoba sich befand, der sollte nun möglichst bald eingeholt
werden.

Unser Weg führte uns nun von St. Paul direkt
nördlich nach Duluth, einer Hafenstadt, am Superiorsee.
Der Weg dorthin bot viel Abwechselung in der Scenerie.
Je mehr nach Norden, desto interessanter; namentlich
nahm ein Fluß unsere Aufmerksamkeit in Anspruch, der
sein Bett eine ansehnliche Strecke in einem Felsen und
dabei einen starken Fall hatte. Das Gestein war von
schwarzer Farbe, dazu das Wasser auffallend dunkel, einer
dunkeln Lauge ähnlich, dann wechselte es rötlich und
dann schieferfarbig ab. Auch kamen wir längst diesem
Fluß wiederholt an tiefen Abgründen vorbei, die uns
schwindelnd machen wollten, wenn wir aus den Waggon=

fenstern schauten. Buchstäblich ist die Bahn dort mitunter auf Gerüsten neben den Felsen angebracht. Auch
bot die Temperatur auf diesem Wege uns eine auffallende
Abwechselung. Wenn es in St. Paul unangenehm warm
war, so kühlte sich die Luft während der Fahrt auffallend
ab und als wir uns gegen Abend Duluth näherten, zogen
wir schon gerne die Ueberröcke an.

Sonnabend den 7. Juni 5 Uhr abends kamen wir
dort an und gingen zunächst in das nahe dem Bahnhof
gelegene große und geräumige Emigrantengebäude, das
sehr gut eingerichtet, dem Einwanderer, der nach Land
ausgeht, einen guten und wohlfeilen Aufenthalt bietet.
In der untern Etage, befinden sich lange Tische und
Bänke, nebenbei eine Küche. In der obern sind Betten
mit Matratzen und wollenen Decken, die zum Teil fertig
dastehen, zum Teil vorrätig zu etwaigem Gebrauch da
sind. Aehnliche Gebäude, waren an dieser Bahn längs
der Strecke vier erbaut, wo auch der Einwanderer seine
Familie zurück lassen kann und derselben unentgeltlich
Logis und Bett gegeben wird, eben so Feuerung, womit
er sich dann das Essen, das er selbst besorgt, bereiten
kann. Da wir nun aber selbst nicht kochen wollten, so
zogen wir vor, in den Gasthof einzukehren wo man uns
für Logis und Kost auf 24 Stunden zwei Dollars be-
rechnete. Unsere Absicht war hier den Sonntag als Ru-
hetag zu benutzen. Im Gasthof, der uns eine schöne
Aussicht auf den See bot, wurde es uns erklärlich, wes-
halb die Temperatur so auffallend gewechselt hatte, als
wir an der Seeküste eine ansehnliche Eismasse aufgehäuft
sahen.

Sonntag Morgen, den 8. Juni, gingen wir in die
neue lutherische Kirche, die erst vor Kurzem fertig ge=
worden war. Der junge Prediger war ein Pommer,
erst im vergangenen Jahre aus Europa gekommen. Er
hatte eine gute erbauliche Predigt. Wir wurden nach
dem Gottesdienst eingeladen in seine Wohnung zu kom=
men, neben der auch das Schulzimmer sich befand. Er
teilte uns mit, das Duluth erst seit vier Jahren existiere
und bereits 5,500 Einwohner zähle.

In der vergangenen Nacht hatten wir starkes Ge=
witter und den Tag hindurch nebliges und regnerisches
Wetter. Das stimmte das Gemüt trübe und wir dach=
ten an die lieben Unsrigen daheim, wo man heute nach
morgenländischem Gebrauch Pfingsten feiert. Ge=
wiß gedenkt man dort jetzt auch unserer.

Wir sind hier schon 1,600 Meilen westlich von New
York. Die Stadt ist auf einem frisch abgeholzten Stück
Land gebaut und man sieht zwischen den auf Stellen
noch weitläufig stehenden Häusern, die Stumpen mit
den Wurzeln der gefällten Bäume. Ueberhaupt ist das
nördliche Minnesota, das wir jetzt bereisen, sehr waldig,
verschiedene Nadelhölzer und Birken wechseln mit einan=
der ab. Im Gasthof sahen wir Abbildungen der Par=
tien, Schluchten und Brücken, die wir Tags zuvor pas=
siert sind und staunen über die waghalsige Strecke.

Den 9. Juni setzen wir unsere Reise bei sehr reg=
nerischem Wetter, mit Gottes Hilfe nun westlich fort
und besteigen um 7 Uhr morgens den Zug, der uns nun
nach Dakota führen soll. Wir sind mit Br. Jacob
Schanz und Herr Hiller zehn Reisegefährten. Der Fluß,

den wir vorgestern entlang fuhren und den wir auch
jetzt noch wieder treffen, heißt St. Louis River. Die
Strecke die wir nun befahren bietet neue Abwechselung.
Es giebt Vertiefungen, die mit Wasser flach bedeckt sind,
dann auch Hügel. Der Boden ist kupferfarbig und dicht
bewaldet.

Anhaltender Regen verstimmt das Gemüt; man denkt
an die Heimat und seufzt zu Gott um guten Mut, denn
wir haben noch einen weiten Weg mit einer wichtigen Auf=
gabe vor uns. Es war um die Mittagszeit, da gab es
auf dem Zuge einen großen Schreck, wiederholt heftige
Stöße machten uns bange. Der Lokomotivführer gab ein
Signal und im Augenblick waren alle Waggons auseinan=
der und gebremst. Der Zug hielt, und warum? das war
nun die Frage. Auf drei Stellen hatte Regenwasser die
Bahn unterwühlt und Lücken von 1½ Fuß Tiefe gemacht.
Einige Eisenbahnschienen waren gebogen und eine sogar ge=
brochen. Das gab eine unangenehme Unterbrechung. Gott=
lob, daß kein Unglück vorkam, denn die Bahn geht auf ei=
nem 5 Fuß hohen Damm. Man weiß den Schaden aus=
zubessern, aber in einer halben Stunde sind wir wieder in
gleicher Lage. Arbeiter sind beschäftigt Hilfe zu leisten und
während die Passagiere eine Strecke zu Fuß gehen, weiß
man auch Rat den Zug herüber zu bringen. Lange fuh=
ren wir in einer ganz unbebauten Gegend, dann zeigten
sich Spuren von Ansiedlern, die anfingen sich eine Heimat
zu begründen.

Diese Störung durch Unfälle hatte eine verspätete
Ankunft für unser heutiges Reiseziel zur Folge. Abends
gingen wir bei Moorhead über den Red River und nächtig=

ten auf der Dakota Seite in Fargo in einem neuen von der
Pacific Eisenbahngesellschaft schön geräumig erbauten Gast=
hof, Headquarters Hotel. Hier trafen wir Bruder J. F.
Funk mit den übrigen unserer Deputierten. Ihre Zahl
war gleich derjenigen, die auf der Reise durch die Wüste
einst ausgesandt wurden, das gelobte Land zu erkundigen.
Ich lasse hier, wo sie sich vereinigten, ihre Namen folgen:
Wilhelm Ewert, Jacob Buller, Tobias Unruh, Andreas
Schrag, Jacob Peters, Heinrich Wiebe, Cornel. Bour,
Cornelius Toews, David Claassen, Paul Tschetter, Lorenz
Tschetter, Leonhard Sudermann. — Der erste war von den
west=preußischen Mennoniten bevollmächtigt, der zweite und
letzte von der Molotschna, Süd=Rußland, der dritte und
vierte von unsern Glaubensbrüdern in Wolhynien, West=
Rußland, der fünfte, sechste und siebente von Bergthal,
Mariapol, Süd=Rußland, der achte und neunte von der
sogenannten Kleinen Gemeine, Süd=Rußland, der zehnte
und elfte von den Hutterschen Brüdern im Taurischen
Gouvernement, Süd=Rußland. — Außerdem befanden sich
noch in der Reisegesellschaft Br. Jacob Schantz, Br. J. F.
Funk und N. N. Lethermann.

Den 10. und 11. Juni benutzten wir unter der Lei=
tung eines Herrn Power, ein Angestellter dieser Eisenbahn=
gesellschaft einen Zug zu einer Reise westlich in den Staat
Dakota. Wir fanden hier eine offene Prärie, sehr ge=
eignet zu einer Ansiedlung, in größerem Maßstabe ein
Platz der insofern unserm Bedürfnis entsprach, als wir
den Wunsch hatten, ähnlich wie in Rußland auf einer
Stelle in Gemeinschaft uns anzusiedeln. Eine schöne Prä=
rie, die aber noch zum größten Teil unter Wasser war, was

uns zu dem Schluß brachte, als wir den Wasserstand in den Flußbetten verhältnismäßig auffallend niedrig fanden, daß der Untergrund nicht durchlässig sei. Nur auf ganz vereinzelten Stellen waren Spuren einzelner Ansiedler bemerkbar. Einige nicht unbedeutende Seeen mit Salzwasser waren auch da, weiter westlich war das Terrain mehr gebrochen; wir fanden auch Hügel die den Mohillen in Süd-Rußland sehr ähnlich waren.

Wir nächtigten am Cheyenne River, 66 Meilen von Fargo, und setzten folgenden Tages unsern Weg noch 40 Meilen weiter fort, kehrten bei neuen Ansiedlern ein und sahen uns die Anfänge an, die uns später auch bevorstehen möchten. Wir hielten an einer Stelle, wo eine Anzahl Eisenbahnarbeiter beschäftigt waren, mit ihnen Mittag, in einem Hotel, das auf einem Frachtwagen stand und kamen erst den 12. morgens 2½ Uhr wieder zurück. Alles neu und unentwickelt, nur die großen Bäume an den Flüssen: Eschen, Eichen, Ulmen und manch unbekanntes Laub, dazu die Brom- und Himbeeren und wilden Rosen, sagten uns, daß sie hier schon lange daheim waren.

Morgens wurde der Entschluß gefaßt, zunächst nun die Reise nach Manitoba zu unternehmen. Das Dampfboot, daß wir zu dieser Reise benutzen wollten, kam heute Morgen von Fort Garry hier an und ist bereit uns Morgen auf der Fahrt nach Norden längs dem Red River stromabwärts nach Winnipeg mitzunehmen. Bis dahin wurde noch die Zeit benutzt kurze Wagentouren zu machen, oder auch in der Nähe der Stadt Farmen zu besuchen, oder auch Briefe an die Lieben daheim zu schreiben.

Man erzählt uns, daß unweit Glyndon, nördlich von der Eisenbahn, eine englische Ansiedlung von circa 1,000 Familien sein soll. Auch daß es im Winter wohl 30 Gr., auch noch darüber, kalt wird; die Kälte aber, bei wind= stillem Wetter weniger empfindlich sei.

Den 13. Juni gingen wir morgens ½8 Uhr auf das Flußboot International, das uns nach Manitoba bringen sollte. Außer uns Zwölfen begleiteten uns Br. J. Y. Schantz, Br. J. F. Funk, Herr Hiller, Herr Hespler und sein Neffe. — Herr unser Gott, gieb Mut, Ausdauer und Gelingen zu unserm Werk! Eisenbahnen gehen noch nicht weiter in den Norden, stehen aber in Aussicht und sind bereits in An= griff genommen, unter anderm eine, die Fort Garry mit dem Superiorsee verbinden soll. Das Schiff, das wir be= nutzen ist Eigentum der Hudson Bay Company, darf aber unter amerikanischer Flagge fahren weil einer von ihren Agenten ein amerikanischer Bürger ist. Es hat in der Mitte einen Raum von 33 Schritt Länge und 1 Fuß Breite, der zum Speisesaal dient. Unmittelbar an beiden Seiten sind die Kajüten für die Passagiere, 18 für Männer und 6 für Frauen. Neben den Kajüten ist noch ein schmaler Gang an beiden Seiten des Schiffes. Neun Eisenbahnwagen, die die Güter für unser Schiff (mitzunehmen) brachten, wurden (von der Bahn) leer gemacht.

Der Agent erzählt, daß vor 14 Tagen etwa 70 India= ner nach Fort Garry kamen, die dort bei der canadischen Regierung ein Gesuch um Land zur Ansiedlung stellten. Die Regierung hatte jeder Familie von 5 Seelen 80 Acker bewilligt. Darüber waren die Indianer so glücklich, daß sie ihre Freude in lautem Jubel ausbrechen ließen. Auf dies

Weise befreundet man sich mit diesen Ureinwohnern und sie
sind nicht unduldsam im Umgang.

Erst um 2 Uhr nachmittags kamen wir zur Abreise.
Der Fluß macht gewaltige Krümmungen und erfordert
einen gewandten Steuermann. Oft fahren wir direkt nach
Süden wenngleich unser Weg nach Norden geht. Die
Ufer des Flusses sind mit Holz bewachsen, große Ulmen spie=
len die Hauptrolle, aber auch Linden und Weiden sind da in
Bäumen und Sträuchern und Brom= und Himbeeren in Un=
masse, die seiner Zeit einen lohnenden Genuß versprechen.
Auf den Anhaltspunkten liegt das Holz die Dampfkessel zu
speisen vorrätig und die Passagiere haben Zeit während es
eingeladen wird, kurze Spaziergänge in die Umgegend zu
machen und bringen hübsche Blumen mit, roten Okulei
und weiße Wicken. Die canadische Regierung hat der Hud=
son Bay Company ein Terrain abgekauft und dasselbe mit
300,000 Pfund Sterling bezahlt.

Die Wasserfahrt an den reichbewaldeten Ufern ist interes=
sant, sie könnte für eine Vergnügungsreise gelten; mitunter
begegnen wir auf der Fahrt ein ähnliches Boot wie das
unsrige das in entgegengesetzter Richtung fährt; dann wird
angehalten, denn wenn das Boot neben sich noch eine Barke
mit Bauholz im Schlepptau hat, beherrscht das Gefährt schier
das ganze Flußbett und es ist Vorsicht geboten, daß man
bei der Kreuzung einander nicht Schaden zufügt. Einmal
fuhren wir uns auch auf einer flachen Stelle fest und es
kostete Mühe, Anstrengung und Zeit, das Boot wieder flott
zu machen.

Den 15. Juni.—Es war Sonntag. Ich dachte, als
ich vom Schlafe erwachte, an meine Heimat und Familie

und Gemeine. Wenn wir hier am Morgen auch schon bei=
zeiten erwachen, ist es daheim schon Nachmittag. Darum ist
ein Gebet um den göttlichen Segen für Familie und
Gemeine schon am gestrigen Abend zum Geber aller guten
Gaben emporgeschickt. Br. Funk hatte bei dem Schiffs=
kapitän um Erlaubnis zu einem Gottesdienst angehalten;
sie wurde bereitwillig erteilt. Die geeignetste Zeit, sei, wie
man glaubte, der Nachmittag. Herr Hespler übernahm es,
die Leute auf dem Schiff damit bekannt zu machen, daß eine
Erbauung stattfinden sollte, worauf man sich zahlreich ver=
sammelte. Ein englisches Lied wurde gesungen und Br.
Funk las den 91. Psalm und forderte dann die Versamm=
lung auf zum Gebet die Kniee zu beugen, was dann mit
wenigen Ausnahmen allgemein auch geschah. Nach einer
kurzen Vorrede sprach er über 1. Tim. 1, 15 mit ernster
lauter Stimme. Alle waren aufmerksam, obgleich die An=
sprache nicht kurz war; darauf benutzte ich denselben Text zu
einer Ansprache in deutscher Sprache worauf Br. Wilh.
Ewert noch über Matth. 13, 45. 46 redete. Der letzte Red=
ner hielt dann noch das Schlußgebet, nachdem noch einige
Verse in englischer Sprache gesungen wurden. Zwischen
Bruder Funk und mir sangen wir in deutsch das Lied:
„Was kann es Schönres geben." Als der Gottesdienst begann,
wurde die Maschine still gestellt und nur erst als Br. Ewert
bald beendigte, wurde sie wieder los gelassen.

Den 16. kamen wir morgens nach Pembino. Hier wurde
auf drei Stellen Fracht ausgeladen, Mehlfässer und Mehl=
säcke und auch einige Nähmaschinen. Bald nach Mittag
ging es über die Grenze ins canadische Gebiet in die Pro=
vinz Manitoba hinein. An einem Haltepunkt gingen wir

in ein Blockhaus, dessen Bewohner Mischlinge waren, zur
römischen Kirche gehörig.   Ihr Priester wohnte in der
Nähe.   Eine alte Großmutter, wie man sagte schon 100
Jahre alt, hatte ganz rabenschwarzes Haar   Ihr Großva=
ter war ein Franzose, ihre Großtöchter waren Frauen in
den mittleren Jahren.   Ein kleines Weizenfeld und eine un=
bedeutende Kornanpflanzung zeigten uns Spuren von an=
gehender Kultur.

Den 17. gingen wir schon früh bei Fort Garry über
und kamen unmittelbar darauf in Winnipeg an.   Wir sind
im Davis Hotel eingekehrt und nachdem wir gefrühstückt
haben, sehen wir uns die neue Stadt an, ich gehe zu einem
Schneider und gebe ihm meinen schadhaft gewordenen Rock
zum Ausbessern.   Es werden einige Sägemühlen angesehen
und unterdeß kommt Herr Hespler mit einem Wagen und
fordert Br. Schantz und mich auf zu einer Fahrt zum
Gouverneur.   Herr Hespler stellt uns demselben vor und
berichtet ihm von unserer Reise und Reiseaufgabe.   Er ent=
läßt uns mit dem Wunsche, daß er uns, nachdem wir das
Land bereist und uns angesehen haben, noch sehen möchte.
Das Haus dieses Beamten war im baulichen Zustande, auf
die vorhandenen zwei, wurde noch ein dritter Stock gesetzt.
Im Garten wachsen Pflaumen und Pfirsichbäume, Himbee=
ren und Johannesbeersträucher und verschiedenes Gartenge=
müse.   Der Hofplatz ist mit üppigem Merl bewachsen.

Zurückgekehrt von dieser Fahrt, werden wir alle zum
Staatsanwalt Herrn Clark gerufen; er ist der erste Beamte
nach dem Gouverneur und Präsident dieser Provinz.   Es
finden sich bei ihm noch verschiedene Herren ein, wir werden
gastlich aufgenommen und mit Kuchen und Wein bewirtet.

Die Herren teilen uns mit, daß zu Gunsten dieser Provinz
nordwestlich von Manitoba, 30 Meilen von der Grenze, ein
Kohlenlager entdeckt sei, welches lohnende Ausbeute verspricht. Außerdem sei auch Eisen in der Nähe; auch habe
man in derselben Gegend einen schönen feinen Sand, der
neben den Kohlen eine Porzelan- und Glasfabrik in Aussicht stelle. Ebenso sei für den Absatz der Produkte in
Manitoba gute Aussicht, indem man eine Bahn zu bauen
beabsichtige bis an den See der Wälder, 90 Meilen, von wo
aus man schon eine Wasserverbindung mit dem Superiorsee
habe. Er versprach die Einwanderer von Toronto unentgeltlich zu befördern bis an den Ansiedlungsplatz. Nur
sollten diese die nötigen Speisen kaufen, die ihnen aber von
der Regierung, an den Anhaltspunkten, von dazu angestell-
ten Personen, zum Kostenpreis verabreicht würden. Nachmittag machten wir eine Fahrt nordwestlich von der Stadt,
wo wir eine schöne Ebene durchfuhren und auch ein Feld
Sommerweizen trafen, welcher üppig im Wachstum stand.
Wir fuhren bis an den Assiniboia, der unweit der Stadt in
den Red River mündet und nahmen längs dieses Flusses
den Rückweg, wo wir näher nach der Stadt gut angebaute
Farmen antrafen, die ein freundliches Aussehen hatten.
Es war Abend als wir wieder unser Quartier erreicht hatten, nachdem wir die erste Ausflucht in die Ländereien Manitobas gemacht hatten.

Für den 18. war eine Reise in die uns von der Regierung reservierten Ländereien geplant. Fünf Wagen mit 3
und 4 Sitzen, waren dazu gerüstet. Wir nahmen unsere
Tour östlich, unmittelbar über den Red River durch St.
Boniface, einem römischen Kloster. Als wir um 8 Uhr

3

die Wagen bestiegen, war ein Photograph bereit die ganze
Expedition abzukonterfeien. Die Reisegesellschaft bestand
aus 24 Personen. Wir hatten etwa 10 Meilen zurückge=
legt, da wurde an einem Townshippfosten – das Land war
bereits alles vermessen – angehalten, denn es war Mittags=
zeit. Unterwegs ging ein schöner Regen durch's Land der
uns gewiß gründlich durchnäßt hätte, wenn wir nicht mit
Decken und Büffelhäuten versehen, uns genügend zu schützen
eingerichtet wären. Als wir darauf zur Weiterreise auf=
brachen, gerieten wir ungeachtet kundiger Führer, in dieser
menschenleeren Wüste, auf einen falschen Weg und fuhren
den ganzen Nachmittag bis zum Sonnenuntergang mehr
oder weniger auf einem mit Wasser bedeckten Boden, der
mitunter so sumpfig war, daß die Pferde schier versanken und
wir somit genötigt waren lange Strecken zu Fuß zurückzu=
legen, was zuletzt recht ermüdend war. Glücklicherweise
kamen wir noch mit der Dämmerung an einen Platz, an dem
wir Häuser und Menschen antrafen. An einem Emigran=
tenhause, in dem wir für unsere zahlreiche Gesellschaft genü=
gend Unterkunft gefunden hätten, verweigerte man uns die
Aufnahme, da die Bewohner, ihrer Instruktionen gemäß,
nur Reisende mit Legitimationen aufnehmen durften, die
unsere Führer versäumt hatten sich zu verschaffen. Neben=
bei war glücklicherweise ein Laden, Eigentum der Hudson
Bay Company.

Der freundliche Wirt war bereit uns Herberge zu
geben, wenn wir mit einem Logis, wie er es uns bieten
konnte, fürlieb nehmen wollten. Wir waren sehr zu=
frieden mit diesem Anerbieten, denn Zelte aufzuschlagen
darinnen zu nächtigen, wäre auf diesem Platz nicht gut

möglich gewesen, des sumpfigen, morastigen Bodens wegen. Uebrigens waren wir für ein Nachtlager gut eingerichtet, und das Abendessen ließ, den Verhältnissen nach, auch nichts zu wünschen übrig. Thee, Butterbrot und Eier, waren zur Genüge vorhanden.

Am folgenden Morgen, den 19. Juni, gestanden wir uns, nach dem Marsch am gestrigen Tage ausgezeichnet geschlafen zu haben. Das war des Dankes wert, zu dem wir uns gemeinsam vereinigten. Der 191. Psalm gab uns dazu eine schöne Anleitung. Wenn wir aber über die Erfahrungen des gestrigen Tages nachdachten und ein vorläufiges Urteil über das Terrain, das wir bereist hatten bildeten, das uns zu einem Ansiedlungsplatz angewiesen und empfohlen wurde, waren wir doch ziemlich entmutigt. In der zweiten Hälfte des Juni=Monats, wo man in Süd=Rußland die Felder schon reif zur Ernte sehen kann, war hier der Boden noch in solchem Zustande, der noch wenig Aussicht gab, ihn zur Sommerfrucht zu bearbeiten. Hier galt es nun aber in Gottes Namen weiter zu untersuchen und zu prüfen, denn das war uns doch zur Aufgabe gemacht. Wir können nicht gleich am Morgen unsere Reise fortsetzen, zwei Proviantwagen, die wir bis jetzt noch nicht in unserem Reisezug hatten, müssen noch abgewartet werden. Man bemerkt hier nur wenige Vögel; nur sehr vereinzelt kommen uns wilde Enten, Schnepfen und Präriehühner zu Gesicht. An den bewaldeten Ufern des Red River sind die wilden Tauben häufig.

Nachmittag setzen wir unsere Reise fort; wir bilden eine vollständige Karawane und sind mit allem Nötigen genügend versehen. Zwölf Büffelhäute, eine Anzahl Woll=

decken, Teller, Messer und Gabeln, Löffel 2c.; den schon
genannten Passagierwagen schließen sich jetzt noch zwei
Proviantwagen an. Abends mit Sonnenuntergang sind
wir beinahe an der nordöstlichen Ecke, des für uns reser=
vierten Landes angekommen, haben fünf Zelte aufgeschla=
gen und ein Feuer, unser Abendessen zu kochen, angezündet.
Als der Thee fertig ist, werfen wir Gras ins Feuer, damit
wir die Moskitos möglichst fern halten, die uns und
unsern Pferden und Mauleseln keine Ruhe lassen. Auf
diese Weise wird es uns möglich unser Abendbrot zu ver=
zehren. Nachdem wir dem Magen sein Bedürfnis gestillt,
vereinigen wir uns, unsern Gott zu loben mit Liedern.
So tönten die ersten Lieder zum Lobe des Herrn und
Seiner barmherzigen Liebe von armen Sünderlippen in
der Wüste Manitobas. Möchten später, gefällt's dem
Herrn, wenn wir, oder unsere Brüder hier wohnen sollen,
alle Herzen es bestätigen: Das einige Notwendige ist
Christo teilhaftig sein. Und daß man Ihm behändige
Leib, Seele und Gebein; da geht man seinen Gang gewiß.
So gingen wir in unsere Zelte und beugten, bevor wir
uns zur Ruhe begaben, unsere Kniee vor dem Herrn zu
Dank und Bitte, für uns und die Unsrigen.

Den 20. Juni. — Wir hatten schon um 6 Uhr das Früh=
stück genommen, waren um 7 Uhr zum Aufbruch gerüstet
und nahmen zunächst die Tour längs der östlichen Seite
unserer Reservation. Eine Strecke gefahren, trafen wir
einen englischen Farmer, der eine deutsche Frau hat. In
der Nähe seiner Ansiedlung war eine Quelle, auch etwas
Waldung. Ueber eine Vertiefung führte eine Brücke. Das
kleine Häuschen war reinlich, wie seine Wirtin. Zu einem

größeren Hause war das Holz schon bereit. Auf der Stelle,
wo wir Mittag hielten, stand uns auch eine Quelle zu Gebot. Es waren auch Bäume da und in der Ferne sahen
wir eine Nadelholzwaldung. Nachmittag mußten wir über
einen kleinen Fluß der recht sumpfige Ufer hatte. Es wurde
mit der Sense hohes Gras gemäht, welches angewandt
wurde die Durchfahrt zu erleichtern; das nahm Zeit und
Arbeit in Anspruch. Mit unserer Herberge für die folgende Nacht waren wir nicht zu beneiden. Die Moskitos ließen uns in unsern Zelten keine Ruhe. Ihre Zu-
dringlichkeit überschritt alle Grenzen der Bescheidenheit und
Genügsamkeit. Es waren zu Viele um sie befriedigen zu
können. Völlig angekleidet, die Hüte auf dem Kopf, mit
Netzen vor dem Gesicht, war es doch unmöglich sich vor
diesen Zudringlingen zu schützen; somit begrüßten wir den
neuanbrechenden Morgen mit Freuden.

Den 21. Juni. — Wir haben auf unserer Untersuchungsreise von acht Townships, bis jetzt nur erst vier be-
rührt. Doch wird der Beschluß gefaßt zurück nach Winnipeg
zu gehen, wozu wir den ganzen Tag schon nötig haben.
Auf der nächsten Station wird beraten, wie wir uns für
den nächsten Montag den Plan machen wollen. Br. Ewert,
die beiden Brüder Tschetter und Unruh wollen mit diesem,
hier in Manitoba es als beendigt ansehen und entschließen
sich zurück nach Dakota zu gehen. Die Uebrigen geben dem
Wunsch der Herren von der Regierung nach, die den Vorschlag machen noch eine Tour westlich von Winnipeg zu unternehmen. Man wünscht, daß man sich entscheide, damit
man demgemäß die Vorbereitungen für die nächste Woche
zu machen im Stande sei. Als wir abends Winnipeg er-

reichen, erfahren wir, daß nachts ein Dampfschiff nach
Fargo abgeht. Das wollen die Brüder benutzen, und
rüsten sich zur Abreise. Es wird beschlossen, daß, wäh=
rend wir hier die Reise nach Westen unternehmen, sie sich
Dakota näher ansehen wollen, später vereinigen wir uns
dann noch zu einer weitern Untersuchung.

Den 22. Juni. — Es ist Sonntag, wir haben uns
nachts ausgeruht, wenngleich unser Quartier nur man=
gelhaft ist, doch haben wir Ursache zufrieden zu sein. Ich
habe mir nach dem Frühstück das 12. Kapitel im Ev.
Joh. gelesen und mich dann im Geiste mit meinen Ge=
danken in die liebe Heimat versetzt. Br. Schantz und Br.
Hein. Wiebe besuchen einen englischen Gottesdienst, ich
ziehe es vor einen Spaziergang ins Freie zu machen, da
ich eine Predigt in englischer Sprache nicht verstehe. Winni=
peg ist in der Ferne von allen Seiten mit Wald umgeben.
Pappeln, Eschen und Eichen, dazu Weiden in Bäumen
und Sträuchern. Mannigfaltige Rosen wachsen auf der
Prärie wild. Die Geschäfte im Städtchen sind am Sonn=
tage alle geschlossen und auch die Billiardtische in unserem
Quartier und in der Nachbarschaft feiern. Nachmittag
gehe ich mit Br. Schantz in eine Methodistenversammlung.
Die freundliche Kirche ist ziemlich mit Zuhörern besetzt; sie
sitzen in den Bänken gemischt; neben mir sitzt eine India=
nerin. Der Gesang wird mit einer kleinen Orgel be=
gleitet und zwei mal knieend gebetet. Der Prediger ver=
handelt das Nikodemus=Evangelium. Zur einfachen Kan=
zel führen fünf Stufen. Auf einer Erhöhung von zwei
Stufen steht ein Tisch mit einer roten Decke. Die Erhö=
hung ist mit einem Geländer begrenzt und mit einem

Teppich bedeckt. Die Fenster im gothischen Styl sind von
farbigem Glas. Von dem Gottesdienst erhält man einen
guten Eindruck.

Den 23. Juni. — Vorbereitungen zur Reise, dazu Re-
genwetter, zwingen uns den Vormittag noch zu opfern; das
übt im Sterben, wenn man gerne vorwärts möchte und
bedenkt wie man daheim wartet. Nachmittag wird mit
vier Personen und zwei Proviantwagen um 2 Uhr aufgebrochen. Unser Weg geht längs dem Assiniboia in einer Entfernung von etwa einer engl. Meile. Wir haben bis zum Abend nur elf Meilen zurück gelegt. Der
Boden ist gut und nur wenig gebrochen. Der Graswuchs
befriedigend, auch unsere russische Steppnadel finden wir
hier.

Den 24. brechen wir schon um 6 Uhr auf, warten aber
doch noch 2 Stunden um unsere zurückgebliebene Reisegesellschaft zum Anschluß abzuwarten. Ein schöner Morgen,
und mit ihm die gute Hoffnung, daß unsere Reise gewünscht
vonstatten geht. Wir sind etwa 30 Meilen von Winnepeg
gefahren, da befinden wir uns auf einer großen Ebene, die
zur rechten Seite eine Waldung begrenzt, nach der Aussage
unseres Fuhrmannes, in der Entfernung von 12
Meilen. Der Assiniboia, dem wir entlang fahren, ist mit
Holz bewachsen, namentlich auf der entgegengesetzten Seite
sind große dicke Bäume. Aus dieser Gegend bezieht auch
Winnepeg sein Eichenholz. Der Graswuchs auf der Prärie
ist ausgezeichnet. Wir treffen einen See, Long Lake; neben
ihm weidet eine Viehherde. Dreiundvierzig Meilen von
der Hauptstadt machen wir Station in Poplar Point.
Dreiundfünfzig Meilen weiter nehmen wir bei einem irlän-

dischen Farmer Herberge; der ist schon entsprechend einge=
richtet, hat ein gutes Haus und einen guten Viehstand aber
auch eine Schenke.   Vier von uns zogen es vor, anstatt der
Zelte, angebotene Schlafstätten im Hause zu benutzen, da
konnten wir uns nachts gut ausruhen.

Den 25. kommen wir erst um 8 Uhr zum Aufbruch.
Zwei Pferde sind fort, die müssen erst gesucht werden.   Wir
machen einen Abstecher in die Prärie und suchen Herrn
Hesplers und Br. Schantzeus Land auf, treffen zunächst ei=
nen Farmer der im vergangenen Jahre hierher kam, sich not=
dürftig einrichtete und mit seinem Bruder so viel Land brach,
daß sie hundert Buschel Weizen säen konnten.   Der Brun=
nen neben seinem Hause ist 12 Fuß tief und hat gutes
Wasser.   Darauf treffen wir einen Zeltbewohner; von sei=
nem Blockhaus steht schon der Rumpf, es fehlt aber noch das
Dach   Seine Frau hat den Vater in der Nähe wohnen.
Sie kommen von Neu Braunschweig und bauen sich langsam
an.   Wir fahren eine Strecke durch hohen Schmalee, der bis
an die Wagenachsen reicht, und kommen zu einem Farmer,
der in einem Blockhaus gut eingerichtet ist und zu wirtschaft=
lichen Bauten das Holz bereits vorrätig hat.   Die freund=
liche Frau trägt Stühle zu und nötigt uns zum Sitzen.   Wir
haben auch Zeit die Gastfreundschaft anzunehmen unterdeß
die Pferde gefüttert werden und auch wir das Bedürfnis un=
seres Magens mit Butterbrot, Käse und einem frischen
Trunk stillen.

Der Boden ist eben, hat gute schwarze Erde.   Hinter
dem Hause des Farmers ist ein ansehnlicher Busch, der ihm
vorläufig den Garten in etwas ersetzt; man findet Ulmen
Eichen, Eschen, wilde Kirschen und Weißdorn.   Wir treffen,

nachdem wir wieder unsern Weg fortsetzen, zuerst Herrn
Hesplers, dann Br. Schantzens Sektion. Wir untersuchen
den Boden, finden auf einer niedrigen Stelle nur einen Fuß
schwarze Erde, an einer höheren war zwei Fuß Humus und
unter demselben sandiger Lehm. Darauf geht es wieder
auf den großen Weg, den wir verlassen haben und fahren
eine Strecke längs dem Rattenfluß. Dann kommen wir zu
einem Farmer, der schon ein gutes Haus hat; wir finden bei
ihm einen Landmesser, dem wir schon in Winnipeg begegne=
ten. Ein zugedeckter Brunnen, von dem wir den Deckel ab=
heben ist am Rande noch ansehnlich mit Eis befroren. Von
hier bietet die Gegend mehr Abwechselung. Ein Far=
mer, der schon zwölf Jahre in dieser Gegend lebt und
früher bei der Hudson Bay Gesellschaft angestellt war, jetzt
aber seit zwei Jahren ein eigenes Heim begründet hat,
pflügt mit zwei Pferden und ein junger Mann neben ihm
auf demselben Stück mit zwei Ochsen. Wir halten an und
versuchen den amerikanischen Pflug in amerikanischem Bo=
den. Dann führt uns der Weg zwischen Bäumen und
Baumstumpen über ein kleines Flüßchen bei mehreren Far=
men, vorbei an einen größeren Fluß, den Whitemouth River.
Die Brücke über denselben ist im Bau; wir fahren durch
Wasser, das bis an die Wagenachsen reicht; der Untergrund
ist fest. Zum Nachtquartier machen wir Halt bei einem
Laden der Hudson Bay Company.

Ueber den Fluß sehen wir eine Kirche, die der englischen
Mission gehört, welche hier eine Station unter den Misch=
lingen hat. In einiger Entfernung vom Fluß sehen wir
zwölf bewohnte Indianerzelte. Neben uns sitzen oder stehen
ein Dutzend Halbindianer, etwas weiter sehen wir ihre Kin=

der spielen.   Das Feuer, auf dem unser Thee bereitet wird,
räuchert uns einigermaßen die Moskitos vom Leibe.   Wäh=
rend ich meine Notizen schreibe werden Zelte zur Nachtherberge
aufgeschlagen.   Wir nehmen unser Abendessen, empfehlen
uns dem göttlichen Schutze und begeben uns dann zur Ruhe.
Mit unsern Herzen sind wir bei den lieben Unsrigen daheim.
Der Regen, der mit Gewitter aufkam, treibt uns in die Zelte,
denn wir sind in denselben vor ihm besser geschützt als vor
den fatalen Moskitos.

Den 26. ist uns ein freundlicher Tag angebrochen und
wir gehen hoffnungsvoll an unser Tagewerk.   Um 6 Uhr
sind wir zum Aufbruch fertig und kommen um 11 Uhr wie=
der an den Whitemouth River.   Am Flusse wird Station
gemacht.   Wir sehen nach Westen in einer Entfernung von
15 Meilen einen Bergrücken.   Ein junger Schweizer, den
wir hier treffen, und der schon in Jowa und Minnesota war,
giebt dieser Gegend den Vorzug; hat Land angenommen
und pflügt bereits seinen Acker.   Er sagt, der Winter sei
hier wohl kälter, aber verhältnismäßig mild.   Wir treffen
heute auf unserm Weg viel Waldung, blühende Rosen und
andere bekannte Blumenarten.   Nachdem wir nachmittags
15 Meilen gefahren haben, sind wir an eine Hochebene an=
gekommen, die ungefähr 20 Meilen lang ist, von der einen
Seite mit Pappeln und von der andern vom Whitemouth
River begrenzt, dessen Bett etwa 50 Fuß tief liegt.   Der
Bergrücken hat uns, was die erwähnte Entfernung anbe=
trifft, aber sehr getäuscht; es sind jetzt noch mehr als 16
Meilen bis wir ihn erreichen.   Es scheint ein nicht unbedeu=
tendes Gebirge zu sein.   Wir, Br. Buller und ich, kommen
heute noch zu dem Entschluß, weil die vorgeschlagenen 14

Townships uns zur Besichtigung unwichtig erscheinen, am nächsten Morgen besser den Rückweg anzutreten, damit wir auf jeden Fall den Anschluß mit unsern Brüdern nicht ver= säumen, die voraus nach Dakota gegangen sind. Wir freuen uns, daß Bruder Schantz sich uns anschließen will.

Den 27.—Somit trennen wir uns heute von unserer gegenwärtigen Reisegesellschaft und haben in Manitoba vorläufig zum letzten Mal sehr gut und ohne Moskitos in Zelten geschlafen. Es bleiben also nun nur noch die Brüder aus der Bergthaler Gemeine zur Weiterreise entschlossen. Es scheint, als wenn sie sich mit ihrer Ansiedlung für Mani= toba entscheiden werden. Am Abend sind wir heute nur 32 Meilen gefahren und übernachten auf der bekannten Stelle von gestern Morgen.

Den 28.—Als wir heute Morgen angekleidet sind und uns Gott befohlen haben für den bevorstehenden Tag, ist es sechs Uhr. Unser Fuhrmann schläft noch, er hat nicht Eile und scheint sie überhaupt nicht zu haben, wie man früher schon merken konnte und wie es sich gestern auch erwieß. Er teilte mit seinen Wünschen nicht die Unsrigen für diesen bevorstehenden Tag. Wir wären schon gerne noch viel früher aufgebrochen; uns war die Zeit teuer, denn wir fürch= teten den Anschluß zu verspäten. Er rechnet mit ganz an= dern Zahlen und denkt, wenn's nicht so eilt gewinnt er mit seinem Tagelohn einen Tag mehr und seine Pferde haben es dabei auch besser. Endlich sehen wir ihn zu unserer Freude mit den Pferden umgehen. Er führt sie vor und legt die Halskoppeln an. Dabei kommt ihm etwas Anderes in den Sinn. Er geht an den Wagen und sucht etwas, findet den Wagenschlüssel und macht Anstalten die Achsen zu schmieren.

Das könnte nach unserm Urteil übrigens schon längst ge=
schehen sein, er saß vorhin lange vor der Thür und hatte
nichts zu thun; aber man vergißt mitunter auch etwas.
Nun ist die Schraube von der Achse und das Rad ist abge=
zogen, da ist ihm unterdessen ein anderer Gedanke gekom=
men. Er läßt die Arbeit und geht zu Br. Schanz, der in
der Nähe vom Wagen sich befindet. Er hat gewiß etwas
Nötiges zu besprechen; als das geschehen, denkt er über das
Gehörte nach, endlich geht er wieder an die angefangene Ar=
beit. Es eilt ja nicht. Endlich sind die vier Räder ge=
schmiert. Darauf wird das Anspannen wieder vorgenom=
men und schließlich kommen wir auch zur Abfahrt.

Unser Weg führt, ganz nahe unserer Nachtherberge durch
einen Fluß. Unser Kutscher zieht es vor, die Pferde bei der
Durchfahrt erst zu tränken; es ist bequemer, man kann es so
im Sitzen abmachen. Es wird beim Fahren besprochen
wann wir Winnipeg erreichen könnten; es sind von unserm
Nachtquartier bis dort noch 84 Meilen zurückzulegen. Un=
ser Fuhrmann berechnet für die Tour noch $2\frac{1}{2}$ Tage. Wir
handeln mit ihm-- Br. Schanz ist unser Dolmetscher—ob er
es nicht in zwei Tagen machen könne. Er meint jedoch, das
ginge über seine Kräfte. Wir haben 24 Meilen bis zur
nächsten Station und sind, nachdem wir fünf Meilen gefah=
ren, aus dem Gebüsch in die offene Prärie gekommen, die
wir circa 18 Meilen bis nach Portage entlang fahren auf
vollständig unbesiedelter Länderfläche. Rechts sehen wir in
der Ferne die Waldung am Assiniboia, welche, wie man sagt,
mitunter die Breite von sieben Meilen haben soll; links die
offene Prärie, auf welcher, so weit das Auge reicht, keine
Ansiedlung bemerkbar ist. Dieser Platz, den wir wegen des

Abstechers auf Hesplers und Schanzens Land, auf dem
Hinwege nicht passierten, würde sich zu einer Ansiedlung eig-
nen, doch sagt man, daß man stellenweise kein Wasser findet
und anderwärts das Wasser bitter sein soll. Es sind mitunter Vertiefungen die das überflüssige Regen- und Schnee-
wasser ableiten.

In Portage, einem noch unbedeutenden Ort, halten
wir um 1 Uhr Mittag. Unser Fuhrmann ist entschlossen
hier nur zu übernachten. Br. Buller meint, wir wollen
nur zu Fuß unsere Reise fortsetzen, doch wenn wir es recht
überlegen, dann fügen wir uns in's Unvermeidliche.
Wir haben ja beim Ausruhen auch eine gute Gelegenheit
über die Wege des Herrn und Seine Führungen nachzu-
denken.

Gottes Führung fordert Stille;
   Wo der eig'ne Fuß noch rauscht
Wird des guten Gottes Wille
   Leicht mit eigner Wahl vertauscht.

Der Herr nimmt uns auf dieser Reise auch in ver-
schiedener Hinsicht in die Schule. Zunächst sollen wir
das Land und seine Bewohner kennen lernen, aber damit der Herr Seine Absicht an unserer Seele auch erreicht
und wir zur rechten Beurteilung unserer Aufgabe auch
fähig werden, sind auch verschiedene Prüfungen in der
Ordnung, daß der Herr nur an uns Allen, Familie und
Gemeine daheim nicht ausgenommen, mit dieser unserer
Führung Seine gnädige Absicht auch erreichen möchte, das
ist mein Wunsch und Gebet. Die lange Trennung von
den l. Meinen, ach, wie dient sie mir zur Verleugnung.

und aus dem Grunde ist sie gut. Ich habe wohl zuzu=
sehen, daß ich auf Kosten meiner Pflicht, nicht zu treiberisch
bin.   Das wäre für's Ganze ein Schade und für mich un=
verantwortlich.   Auch an meinem Herzen würde die gnä=
dige Absicht Gottes nicht erreicht.   Wenn ich nun auf der
ganzen Reise es bemerke, wie der Herr über Bitten und
Verstehen immer gnädig geholfen und unsere Aufgabe bis
jetzt gefördert hat, sollte ich ungeduldig sein, wenn's nun
einmal gegen den eigenen Willen geht? — Herr Jesu, daß
Dein Name verherrlicht werde an uns und durch uns bei
dieser Reise, das wollest Du in Gnaden geben. — Zu sol·
chen und ähnlichen Betrachtungen gab ja der Nachmittag
Zeit und Gelegenheit.

Zwei kleine Dampfmühlen sind am Ort und wir
ziehen den Schluß, wo solche nötig sind, muß auch Ge=
treide wachsen, denn beide sind an der Arbeit. Eine
Windmühle nach holländischer Bauart aufgeführt scheint
unbrauchbar.   Hinter einer der Mühlen zählen wir 35
Indianerzelte.   Wir wundern uns, wie unser Gastwirt,
der auch einen Laden hat, so wenig Vorsicht nötig hat, um
Thür und Fenster vor ungebetenen Gästen zu schützen.

Den 29. — Wir sind also noch in Portage und hal=
ten hier in diesem guten Quartier Sonntag.   Vor dem
Frühstuck wird das 16. Kapitel des Ev. Joh. gelesen und
ein Gebet gehalten.   Dann besuchen wir eine, eine engl.
Meile entfernte, Episcopal=Kirche.   Da es noch zu früh
zum Gottesdienst ist, setzen wir uns unter einen Baum,
in's Gras und warten es ab.   Die Kirche ist nicht neu und
hat kein gefälliges Aussehen.   Die Glocke ist auf einer un=
bedachten turmartigen Erhöhung angebracht.   Gegenüber

der Kirche auf der andern Seite der Straße, zeichnet sich
ein Haus vor den andern in Bauart aus. Es ist die Woh=
nung des Predigers. Zwei Thorwege führen auf seinen
Hof, der eine ist von Staketen Das ganze Gehöft ist
mit Bäumen beschattet, während die Kirche frei dasteht.
Eine Sägemühle ist in einiger Entfernung am Assiniboia.
Der Gesang im Gottesdienst wird mit einer Orgel beglei=
tet. Der Prediger tritt in einem weißen Chorrock auf, der
an beiden Seiten mit einem breiten schwarzen Swerl ver=
ziert ist. Nach dem Gesang folgt eine Liturgie in der der
Prediger abwechselnd mit der Gemeine spricht. Es wurden
mehrere Kapitel aus der Bibel gelesen, die zehn Gebote
abwechselnd · mit Gesang hergesagt und zuletzt von der
Kanzel aus eine Predigt gehalten über die Worte Salomos:
„Es ist besser in ein Trauerhaus gehen denn in ein Haus der
Freude."

Aus der Kirche in's Quartier gekommen wartet schon
das Mittag auf uns. Der Nachmittag bietet Zeit zu man=
cherlei Erkundigungen. Br. Schantz spricht mit einem
Manne, der meint, der Ertrag des Bodens hier sei nicht
so besonders gut, es gebe vielleicht durchschnittlich vom
Acker 24 Buschel Weizen. Ein anderer sagt, man habe
während er hier wohnhaft, in einem Jahre 39 Buschel vom
Acker gedroschen. Ein alter 78=jähriger Greis, beurteilt
die Gegend längs dem Red River ertragreicher wie die
hiesige; dort habe man einmal von 10 Buschel 400 geerntet.
Unser Wirt hat zwei junge Waschbären an der Kette, die
am Rattenfluß gefangen wurden, dort findet man auch
Hirsche. Die Indianer sagen, da seien früher auch häu=
fig Büffel gewesen. Ein freundlicher junger Mann, der

uns zu sich einlud, erzählt, im Jahre 1858 seien die Heu=
schrecken in dieser Gegend eine große Plage gewesen. Da=
mals habe man noch Mitte Juli Kartoffeln gepflanzt und
damit noch einen möglichst guten Ertrag erzielt. Wasser=
melonen und Tomatoes sollen hier gut gedeihen. Ein
Anderer behauptet, daß er von dem Ertrag seiner 160
Acker mit seiner Familie gut auskommt.

Den 30. Juni. — Als wir heute Mittag in Poplar
Point füttern finden wir ein Feld Timothy mit Aehren von
4½ Zoll Länge. Wir hatten Nachtherberge 25 Meilen von
Winnipeg, dort auch ein gutes Quartier, dabei ein Pfer=
destall mit 23 einspännigen Pferderäumen, einen Kaufla=
den und Wirtschaftsgebäude, die den Beweis von Wohl=
stand zeigen. Um 6 Uhr ist das Abendessen: drei Eier,
eine Kartoffel, Butterbrot, Pökelfleisch, zwei Tassen Thee
und frische Erdbeeren als Beisatz. Eine Halbindianerin
schenkt den Thee ein, eine zweite etwas ältere läßt sich sehen,
die die Küche besorgt. Der ziemlich große Gemüsegarten
ist mit Kopfkohl, Beeten, Schoten und Zwiebeln bepflanzt,
die zwar üppig wachsen, aber nach unserem Urteil, der
Jahreszeit nach, noch zurück sind. Auch sieht man nirgend
Obstbäume, außer wilde Kirschen und Pflaumen in den
Gebüschen; jedoch sind die Felder im üppigen Graswuchs
und das Vieh hat eine ausgezeichnete Weide und sieht wohl=
genährt aus. Die Kühe haben volle Euter. Unser Wirt
sagt, er mache den ersten Versuch mit Wassermelonen, habe
im vergangenen Jahre sehr gute auf der Ausstellung gese=
hen. Johannesbeeren wachsen in den Gebüschen.

Den 1. Juli. — Wir sind heute ausnahmsweise um
6 Uhr schon beim Frühstück. Die Halbindianerfrauen ha=

ben Alles gut und reinlich aufgetragen, die eine raucht,
während sie uns den Thee einschenkt, ihr Pfeifchen. Unser
Fuhrmann scheint sich heute einmal selbst zu übertreffen
indem er rechtzeitig mit Allem fertig ist. Auf dem Wege
begegnen wir, wie auch am vorigen Tage, ab und zu Leute,
die in's Land gehen, Transporte zweirädriger Karren mit
Halbindianern die Pelzfelle hieher bringen; sie kommen,
wie man sagt westlich von bis 600 Meilen. Dann wieder
Einwanderer aus Canada, die bis Fargo die Reise per
Bahn gemacht haben sich dort Ochsen zu $150 das Paar
und Arbeitswagen zu $75 gekauft haben, und hier, mit
allem Nötigen versehen sich auf die Ansiedlungsplätze in
westlicher Richtung begeben. Wir kommen 11 Uhr mittags
in Winnipeg an.

Es ist heute Festtag und Alles in Bewegung: Wett=
rennen zu Pferde und Wettlaufen und Springen. Viele
vom Lande fahren in die Stadt festlich angethan und sind,
als wir kamen neben uns gefahren oder uns auch vorbei
gefahren. Glücklicherweise erfahren wir, daß abends ein
Dampfschiff nach Fargo abgeht. Wir freuen uns und rü=
sten zur Abreise.

Wir verlassen Manitoba gerade als die Rosen in der
schönsten Blüte stehen, die überall auf dem Wege, aus den
Wäldern und Gebüschen uns anlachen. Das frühgesäete
Getreide treibt Aehren, doch ist das meiste noch lange nicht
so weit. Das Dampfboot sollte um 9 Uhr abends abge=
hen, aber eine Vergnügungsfahrt, die dem heutigen Fest=
tag gilt, verspätet die Abreise. Wir gehen erst nachts um
½12 Uhr hinauf. Es regnet und ist sehr finster als wir
vom freundlichen Gastwirt Abschied nehmen und nach dem

4

Boot gehen. Dort angekommen suchen wir unser Lager auf, bemerken aber, bevor wir einschlafen, daß das Boot sich in Bewegung setzt.

Den 2. Juli. — Die Reisegesellschaft ist nur klein, die Fracht unbedeutend. Zwei Barken im Schlepptau, geben aber der Maschine entsprechende Arbeit. Ein starker Südwind ist uns nicht günstig. Der üppige Graswuchs an den Ufern giebt uns schöne Augenweide. Die Weiden= gebüsche, die wir massenhaft an den Ufern sehen, geben ein gutes Material für den Korbmacher.

Den 3. Juli. — In der Nacht sind wir bei Pembino vorbei gekommen und nun wieder auf dem Boden der Ver= einigten Staaten. Br. Schantz und Bruder Buller waren bei der Untersuchung der Koffer; ich schlief unterdessen noch schön. Ein Telegram von Winnipeg berichtet, daß unsere zurückgebliebene Reisegesellschaft auf einer Station ernstlich von Halbindianern beunruhigt worden sei. Einer der Fuhrleute habe mit einem Betrunkenen Händel bekommen der für Alle gefährlich hätte werden können, so daß man von Winnipeg Hilfe verlangte, um die, in einem Gasthof belagerten Reisenden, zu befreien. Der Vorfall war nicht in zu großer Entfernung von der Hauptstadt geschehen und wir konnten aus dieser Nachricht den Schluß ziehen, die übrigen unserer Brüder seien auch, als wir uns trennten, bald umgekehrt.

Der Kapitän unseres Lootes interessiert sich sehr für unsere Angelegenheit, mit der er durch Br. Schantz bekannt gemacht wird; er scheint Teilnehmer an dieser Schiffsgesell= schaft zu sein, hat auch Sägemühlen an diesem Fluß und erbietet sich Bauholz zu einer etwaigen Ansiedlung liefern zu wollen.

Den 4. Juli. — Die Moskitos haben uns heute Morgen schon früh um 4 Uhr aus dem Bette getrieben. Die Fahrt ist angenehm, das Wetter freundlich, die großen Pappeln, Eichen, Ulmen, Eschen und Linden bieten dem Beobachter genügende Unterhaltung, namentlich wenn er aus der baumarmen Gegend des südlichen Rußland kommt.

Um 8 Uhr kommen wir an einen Ort der heißt Grand Forks. Die Häuser sind unvollkommen, doch ist ein Laden und eine Schenke da. Da das Schiff sich hier eine Stunde aufhält, gehen wir noch in der Nähe zu einem Farmer, der zeigt uns sein Haferfeld und wir sind voll Freude und Verwunderung über das üppige Wachstum. Der Hafer steht wie ein Schilf, will schon auf einigen Stellen sich lagern. Ein Kartoffelfeld nebenbei, erst vor vier Wochen gepflanzt, und jetzt zum Blühen bereit, ist zu bewundern. Welschkorn, Kopfkohl, Gurken und Melonen sind in üppigem Wachstum. Außerordentlich reich ist auch der Graswuchs. Der Red-Lake River ist ein schöner Fluß und mit kleinen Booten zu befahren. Eine Fähre geht hier über den Red River, die die Verbindung zwischen Dakota und Minnesota vermittelt. Bei Winnepeg ist er 330 Schritt breit. Von Winnepeg sind nach Fargo 224 Meilen, nach New York 2053 Meilen. Die Schifffahrt auf dem Red River begann in diesem Jahre am 25. April und wird im Herbst bis Mitte November fortgesetzt.

Sonntag den 6. Juli, morgens 3 Uhr kündigt die Schiffspfeife die Ankunft in Fargo an. Ich war bereits länger als eine Stunde auf den Beinen, denn die Moskitos

ließen mir auf dem Lager keine Ruhe.   So sind wir unter
göttlichem Schutz und mit seiner gnädigen Hilfe bis hier ge=
kommen, wo wir uns mit den vorangegangenen Brüdern
vereinigen und mit ihnen in Gemeinschaft uns versammeln
um Sonntag feiern zu können.   Es kommen etwa 30 Per=
sonen zu einer Erbauung zusammen in dem geräumigen
Saal des großen Hotels, Eigentum der Eisenbahngesellschaft.
Ein junger Mann leitet den Gottesdienst in englischer
Sprache.   Der Nachmittag wurde benutzt zum Briefeschrei=
ben in die liebe Heimat.

Den 7. Juli. — Jetzt gilt es den Staat Dakota etwas
kennen zu lernen.   Wir fahren morgens 6 Uhr mit der Ei=
senbahn 25 Meilen nach West.   Da stehen 2 Wagen bereit,
auf welchen wir Platz nehmen um südlich in die noch offene
Prärie zu fahren.   Der Boden wird untersucht und wir fin=
den zwei Fuß tief schwarze Erde.   Auf einer anderen Stelle
war der Boden mehr sandig.   Es wird durch mehrere Ver=
tiefungen gefahren in denen die Pferde jedoch nicht einsinken.
Am Maple River, 13 Meilen von der Bahn machen wir un=
ter Ulmen Station.   Himbeeren, Stachelbeeren und Wein
wachsen wild, wohlriechende Blumen und Sträucher, Ro=
sen, dunkel= hell= und blaßrot, zieren die Wiese.

Herr Power hat für gutes Mittag gesorgt; der Koch
backt uns frisches Brot und wir lassen uns gebratenen Schin=
ken, Sardellen und Annanas, auch eingelegte Gurken gut
schmecken.   Als wir nach kurzer Fütterung wieder aufbrechen
geht unser Weg längs dem Maple River.   Seine kurzen
Krümmungen würden dem Ansiedler auf vielen Stellen seine
Farm vorteilhaft abgrenzen.   Der blau= rot= und weißblü=
hende Luzern wird im Kurzen seine Blüte zeigen und der

Prärie eine schöne Zierde sein. Die Eiskirsche mit ihren bescheidenen weiß und rot verzierten Blüten ist auch reichlich vertreten, auch die russische Steppnadel finden wir hier.

Abends sechs Uhr kommen wir bei zwei Zelten an, die für uns zum Uebernachten aufgeschlagen sind. Aus dem einen sieht uns der Koch, ein Halbneger, freundlich grüßend entgegen. Er ist bereits mit seiner Arbeit fertig und hat uns ein gutes Abendessen hergerichtet. Im Zelte hat er seine Küche und Tische und Bänke mit allem zu guter Bewirtung Nötigem: "Roast beef," Kartoffeln, Butter, Brot, gesottene Maiskörner, Pudding, Pastete, auch guten Kaffee. Als ich von letzterem mir die dritte Tasse ausbitte, freut er sich; als ich aber auch noch die vierte wünsche, mit dem Bemerken, er habe den Kaffee so gut gekocht, daß man davon gar nicht satt werden kann, muß er herzlich lachen.

Ein Rauchfeuer treibt den Pferden, die heute ihre Pflicht treu erfüllt haben, die Moskitos vom Leibe und ich benutze dasselbe und mache meine Notizen.

Dienstag den 7. Juli verlassen wir am Morgen unsere Zelte und gehen nach Norden, bis an den Rush River; dort treffen wir in einer Vertiefung einen mannhohen Graswuchs und reife Erdbeeren massenweise; die Pferde machen beim Zertreten mit den Füßen dieser schönen Frucht schier die Erde schlüpfrig; wir halten an, essen nach Herzenslust und nehmen noch einen Teil mit in vorhandenen Blecheimern.

Um 12 Uhr wird Mittag gehalten und nachmittags setzen wir unsere Tour fort. Der Graswuchs ist ausgezeichnet, blühende Rosen in der größten Mannigfaltigkeit, die auf vielen Stellen buchstäblich einen Rosenteppich bilden.

Nachmittag um 3 Uhr halten wir an einer Eisenbahnstation auf der die Wagen samt den Pferden die wir benutzt haben auf einen Frachtwagen geladen werden. Unterdessen sind wir in's Stationshaus eingetreten und warten auf den Zug mit dem wir noch diesen Abend nach Fargo zurückkehren. So nehmen wir denn diesesmal Abschied von Dakota. Werden wir es noch wiedersehen?

Den 10. Juli fahren wir, mit der Post, die mit vier Schimmel bespannt ist, welche vom Bock getrieben werden, um 10 Uhr morgens von Fargo ab, Breckenridge zu. Wir haben, da uns unser Weg längs dem Red River auf der Minnesota Seite nach Süden führt, auch Gelegenheit von diesem Staat schon noch etwas kennen zu lernen. In einer Entfernung von 15 bis 20 Meilen östlich sehen wir das Gehölz vom Buffalo River. Die Prärie hat einen ausgezeichneten Graswuchs, viel blauen Luzern, auch reichlich unsere Steppnadel. Kleine Vertiefungen unterbrechen abwechselnd die schöne Ebene, die noch offen zur Ansiedlung daliegt, bis auf einzelne Stellen am Flusse, die ihrer vorzüglichen Lage halber, bereits Eigentümer haben.

Auf eine solcher Stellen wurden die Pferde gewechselt und anstatt der vier Schimmel wurden uns vier gute Braune angespannt. Mit diesen fuhren wir bis Fort Abercrombie, einem Militärposten, ungefähr 36 Meilen von Fargo. Nachdem fuhren wir durch ein Gebüsch, in welchem wir neben Eichen, Eschen, auch die Haselnuß und die wilde Pflaume mit reichlicher Frucht, dazu verschiedene seltene Blumen und Pflanzen fanden über den Red River, and machten den letzten Teil dieser Tagereise bis nach Breckenridge, auf der Dakota Seite, wo wir auch die Prärie sehr zufriedenstellend fanden, und ein ausgezeichnetes Kartoffelfeld bewundern mußten.

Die Sonne war bereits untergegangen als wir das Reiseziel für diesen Tag sahen. Bei Breckenridge vereinigen sich zwei Flüsse, der Otter Tail und der Boisdessiour River. Nach dieser Vereinigung ist dann auf diese Weise der Red River entstanden, den wir von seinem Anfang bis beinahe an seiner Mündung, teils zu Wasser, teils zu Land verfolgt hatten.

An diesem Abend wurden wir von Herrn Seeger und Herrn Trott, dem Landkommissär von Minnesota empfangen; letzterer lud uns zu einer Besprechung in einem elegant eingerichteten Waggon ein, in dem er uns den Vorschlag machte, einen passenden Ansiedlungsplan von 12 Townships zu besehen, in einer Entfernung von 50 Meilen. Wir erklärten uns dazu bereit und drei unserer Brüder mit mir erhielten im schönen Waggon ihre Lagerstätten angewiesen. Die Anderen nahmen Nachtherberge in einem Gasthause, welches eine deutsche Witwe mit drei Söhnen bewirtete.

Den 11. Juli.—Wir hatten ein feines Nachtlager und gut geschlafen, standen aber morgens beizeiten auf um vor dem Abgange des Zuges noch erst im Gasthofe das Frühstück zu nehmen. Wir bekamen einen Extrazug, der uns zunächst 50 Meilen bis nach Douglas brachte. Hier blieb unser Waggon auf einem Nebengeleise stehen und wir behielten ihn nebst einigen Zelten zum lagern. Zwei Wagen standen schon bereit die mit uns in die Prärie gehen sollten und nachdem wir uns zuvor mit etwas Mundvorrat erfrischt hatten, machten wir uns auf den Weg.

Die Prärie die wir jetzt bereisten, unterschied sich von
denen die wir bis dahin besehen dadurch, daß sie in kleineren
oder größeren Landseeen manche Abwechselung bot. Wilde
Gänse und Enten waren häufig, namentlich letztere, die mit
ihren Küchlein, wenn wir uns ihnen nahten, tiefer in den
See gingen; auch Präriehühner waren vertreten und bald
hätten unsere Pferde einem Huhn mit den Füßen ein Nest
mit Eier zerstört. Aus dem Boden sahen wir ab und zu
Steine hervorragen; der Graswuchs war nicht entsprechend
im Verhältnis wie wir ihn von vorhin gewohnt waren; die
Humusschichte im Boden war nur gering und Br. W.
Ewert beurteilte den Untergrund als Märgel.

Wir hatten eine Tour von etwa acht Meilen östlich von
der Bahn zurückgelegt, da machten wir an einem ziemlich
großen See Halt. Das Ufer an demselben war grober Kies
und das Wasser bis tief hinein rein und klar. Das Gras
in den Vertiefungen war mitunter lang; eine Grasart mit
langen, fahlen Rispen wurde uns als eine ganz vorzügliche
angepriesen. Die Ufer an den Seeen waren auch mitunter
mit Rohr bewachsen. Bei einem Ansiedler, nicht weit von der
Station, sahen wir ein Roggenfeld in Aehren dessen Enden
uns bis an die Lippen reichten, auch waren sie lang und
voll. Auch guter Weizen und Gerste wurden angetroffen.
Die Kartoffeln standen bei weitem nicht so üppig wie wir sie
in Abercrombie gesehen hatten.

Wir kehrten hier um nach der Station und machten
dann nachmittags noch eine kleine Tour nördlich von der
Bahn, wo wir auch einige Weizenfelder bereits in Aehren
antrafen. Auch Wassermelonen waren gepflanzt und hat=

ten Blüten. Der Graswuchs war hier besser und bot diese
Gegend dem Auge einen empfehlenden Anblick.

Die Ansiedler dieser Gegend sind aus den verschiedenen
europäischen Staaten hier zusammengeworfen. Man findet
hier Schweden, Norweger, auch Esten und Finnen. Der Herr,
der die Pferde an den Wagen führt, den auch ich benutze,
ist ein Schwede und bereits 20 Jahre in dieser Gegend. Er
besitzt bei der nächsten Station eine große Farm, so daß er,
wie er sagt, auf derselben mit seinem Pfluge eine Furche von
1½ Meilen ziehen kann. Damit setzt er sich bei uns Europä=
ern ganz in Respekt. Er selbst wohnt in St. Paul und ist
angestellt in dieser Gegend die Baumpflanzung zu befördern.
Hat auch selbst eine große Baumschule und wünscht, wir
möchten sie uns ansehen. Wir meinen aber es würde uns
dies zu viel Zeit rauben und müßten schon darauf verzichten.
Er selbst verläßt uns schon am Abend und fährt mit der
Bahn St. Paul zu.

Den 12. Juli. — Diese Nacht hatten wir, und zwar
Alle, in dem schönen Waggon geschlafen. Die Nacht war
kühl, die schöne wollene Decke konnte uns kaum genügend
den Körper schützen, auch am Tage ist uns der Tuchrock
nicht zu warm. Es wird beschlossen zunächst nach Min=
neapolis zu gehen; Herr Trott will uns 300,000 Acker
Land an dieser Bahn auf vier Jahre reservieren und macht
vorteilhafte Vorschläge in Begünstigung das Bauholz bei=
zuschaffen. Er begleitet uns auf unserer Weiterreise und
wir haben vom Zuge Gelegenheit uns die Gegend noch
anzusehen; der Graswuchs ist hier besser als auf dem
Plane, den wir vorhin sahen und untersuchten. Um 2
Uhr hielten wir in Wilmar, 105 Meilen von St. Paul

Mittag, wobei wir Alle im Gasthofe von Herrn Trott be=
wirtet wurden.   Herr Seeger sagt, daß wir Nebraska und
Minnesota sehr ähnlich finden werden, doch hat das Schul=
system, wie man es hier hat, bei weitem den Vorzug, auch
sei die deutsche Bevölkerung hier überwiegend.   Zwischen
Dashel und Colingwood habe ein Mädchen im Walde eine
Farm gegründet, der schwächliche Vater war nicht im
Stande zu arbeiten.   Jetzt sieht man neben Wohn= und
Wirtschaftsgebäuden auf der Stelle schöne Getreidefelder.

    Ueberhaupt findet man von Wilmar die Gegend schon
mehr angebaut.   Farmen, Getreidefelder, Heugras in
Schwaden, und die Maschinen arbeiten schon in einem
reifen Weizenfeld.   Wenn man aus einer Wüste kommt,
macht solche Veränderung aufs Gemüt einen merkwürdig
ermunternden Eindruck.   Abends kamen wir mit Gottes
Hilfe in Minneapolis an; hier übernachteten wir und wollten
den Sonnabend Vormittag anwenden uns verschiedene Fa=
briken anzusehen.   Zunächst sahen wir uns den merkwür=
digen Wasserfall des Mississippi an, von dem schon viel
Wasserkraft zu verschiedenen Fabriken benützt wird, aber
noch viel zu neuer Verfügung steht.   Wir fanden zwei Mi=
neralquellen, die in den Strom münden und am Ufer eine
Höhle deren Wölbung aus weißem Sandstein besteht, und
viele andere Merkwürdigkeiten.   Ein Herr schloß sich uns
an, bewillkommte uns sehr freundlich und bot sich an, uns
alles Wichtige in den Fabriken zu zeigen, was er auch mit
großer Aufmerksamkeit that.   Wir mußten uns bei dem
vielen Sehenswerten beeilen und als wir zurück in den
Gasthof kamen, standen einige Equipagen dort bereit und
wir wurden eingeladen sie zu besteigen, man wolle uns die

Anlagen der Stadt zeigen. So wurden wir gefahren und hatten Gelegenheit die Stadt und den günstigen Stadtplan uns anzusehen.

Nachmittag 2 Uhr benutzten wir den Zug nach St. Paul. Dort angekommen, empfing uns Herr Seeger auf dem Bahnhof und führte uns in das Bureau der St. Paul und Sioux City-Bahn. Wir hatten vorhin von Brecken-ridge die St. Paul und Pacific-Bahn benutzt. Wir wurden dem Herrn General Bischof vorgestellt, der Ingenieur-Chief dieser Bahn ist. Hier wurde unsere Tour für Montag besprochen, dann wurden wir von Herrn Seeger zum Gouverneur in's Kapitol von St. Paul geführt. Dieser Herr bestätigte unsern Plan, zunächst alles gründlich zu be-sehen ehe wir uns zu etwas entschließen sollten, sagte auch wir sollten den strengen Winter in Minnesota nicht unter-schätzen. Darauf gingen wir zu einem deutschen Gastwirt Gruber, einem Bayer, in's gute und reinliche Quartier.

Als wir uns Sonntag, den 13. Juli, auf den Tag gerüstet hatten, ging ich zunächst an's Schreiben an die lieben Meinigen. Dann kam Br. Schantz und forderte mich auf einen Gottesdienst zu besuchen. Eine deutsche Methodisten-Kirche fanden wir verschlossen. Darauf gin-gen wir in einen englischen Gottesdienst in der ein Gast-prediger eine Rede hielt über die Worte: „Nimm hin dies Kindlein und säuge mir's, ich will dir lohnen." Br. Schantz erzählte uns später wie schön er über die wichtige Aufgabe der Kindererziehung gesprochen habe. Nachmit-tag besuchten wir Herrn Seeger und verweilten auf seinem schönen Platze einige Stunden. Abends nahmen wir auf dem Bahnhof von Herrn Power, der uns bis hier begleitet hatte, Abschied und gingen dann in unser Quartier.

Montag, den 14. Juli, sind wir schon bei Zeiten auf=
gestanden um uns zur Weiterreise zu rüsten. Wir werden
um 7 Uhr zum Bahnhof abgeholt und bekommen wieder
einen eigenen Waggon. Unser Weg geht durch Shakopee,
St. Peter, Mankato, Mountain Lake bis nach Worthing=
ton. Als wir hier Mittag gegessen haben, stehen einige
Wagen bereit, mit denen wir eine Fahrt zu einigen Far=
mern machen. Für die Nacht haben wir ein gutes Lager
in einem guten Gasthof.

Dienstag, den 15. Juli, bekommen wir für unsern
schönen Waggon eigens eine Lokomotive und fahren die
Tour, die wir gestern gekommen waren zurück bis nach
Wilder. Hier ist der Mittelpunkt von neun Townships in
welchen die Eisenbahn=Gesellschaft uns das ihr betreffende
Land, auf einige Jahre zum Preise von durchschnittlich
6 Dollars reservieren will. Außerdem will sie uns die
Hälfte des Stadtplans für 12 Dollars den Acker abtreten
der in Loten ausgelegt ist, 150 bei 25 Fuß, wovon man
die Eckstellen zu 125 Dollars, die andern für 100 Dollars
verkauft. Längs der Bahn kommen dann zunächst eine
Reihe Stellen die für Kaufläden bestimmt sind. Die zweite
Reihe 100 bei 50 Fuß soll Wohnungen abgeben, weiter
außerhalb sollen zu Gartenstellen benutzt werden. Der
Stadtplan liegt unmittelbar an einem hübschen See. Zwei
Häuser, eins auf der südwestlichen, das andere auf der
nordwestlichen Ecke, bilden bereits den Anfang zu der hoff=
nungsvoll in Aussicht gestellten Stadtanlage. In Wilder
stehen mehrere Wagen mit denen wir eine Strecke in die
Prärie fahren; der schöne schwarze Boden mit dem wahr=

haft üppigen Graswuchs empfiehlt sich, doch steht das Ge=
treide nicht im Verhältnis zu dem guten Graswuchs; es ist
klein, ungeachtet des reichlichen Regens in diesem Frühling.
Die Heuschrecken sollen hier Schaden gethan haben. Ein
schöner Fluß geht durch die uns empfohlenen Ländereien.
Mehrere hübsche Seeen geben dieser Landschaft eine vor=
teilhafte Abwechselung. Abends bringt uns die Lokomotive
wieder in unser voriges Quartier nach Worthington, da
haben wir gute Gelegenheit in einem nahe gelegenen See
ein erfrischendes Bad zu nehmen. Zu Mittag hatten wir am
Talbot Lake bei einem Farmer im Schatten grüner Bäume
gegessen.

Mittwoch, den 16. Juli, wurde wieder eine Fahrt
rückwärts gemacht. Eine Lokomotive brachte unsern Wag=
gon allein bis nach Heron Lake; dort standen die Wagen,
mit denen wir Tags zuvor fuhren, wieder in Bereitschaft
und wir machten mit einem Bogen nach Norden eine Tour
östlich, die ausschließlich nach Windom wieder an die Bahn
brachte. Wir fanden, ebenso wie gestern, die Prärie mit
üppigem Grase bedeckt; die Getreidefelder ließen aber auch
viel zu wünschen übrig. Ein Teil der Gegend war ziem=
lich gebrochen; wir kamen aber nahe unserer Station in
ein besiedeltes Thal, wie wir es bis jetzt noch nicht ange=
troffen hatten. In Worthington hat eine amerikanische Ge=
sellschaft das Eisenbahnland gekauft und eine Ansiedlung
unternommen. Jeder, der sich ihr anschließen will, zahlt
25 Dollars ein. Alle geistigen Getränke sind verboten, auch
im Gasthaus ist nur ein guter Trunk Wasser zu haben. Mit
diesem Tage wird die Besichtigung des Landes in Minnesota
beschlossen. Herr Bishof hat uns, bis er uns entläßt, auf

dem Wege von St. Paul in jeder Hinsicht gastlich bewirtet.
Wir nahmen nun mit Gottes Hilfe um 3 Uhr Nachmittag
unsern Weg über die Minnesota=Grenze nach Jowa in die
Stadt Sioux City, um von dort nach Nebraska zu gehen.

Den 17. Juli. — Wir haben in Sioux City genäch=
tigt. Gewitterregen und kotiger Weg. — Nehmen nun
den Zug direkt südlich längs dem Missouri; wir haben ihn
zur rechten Hand und über demselben sehen wir die Anhöhe
von Nebraska. Zu linker Hand haben wir in ziemlicher
Entfernung eine Hügelkette, die das Missouri=Thal be=
grenzt. Wir sehen schöne Getreide= und Maisfelder, auch
Buchweizen ist da. Ansehnliche Viehherden weiden auf
dem für Getreidebau zu niedrigen Feldern; wir kommen
durch eine Stadt in der vor Zeiten die Mormonen ihren
Sitz hatten. In Council Bluffs wechseln wir den Zug der
uns eigens nur über den Fluß nach Omaha City brachte,
wo schon der Zug nach Californien bereits eine Stunde auf
den russischen Zuwachs gewartet hat, den wir ungesäumt
besteigen um unsere Reise in Nebraska fortzusetzen. Wir
sehen vom Zuge viele und gute Getreidefelder, Farmen mit
vollständigen Bäulichkeiten und freundlichen Anpflanzun=
gen; essen in Fairmount Mittag und fahren dann bis
92 Meilen von Omaha nach Columbus einem kleinen
Städtchen. Als wir hier den Waggon verlassen, begrüßt
uns zu unserer Ueberraschung ein Landmann aus der
Odessaer Gegend, der mit seiner und sechs andern Familien
im Aprilmonat Rußland verließ und jetzt in dieser Stadt
einen Kaufladen hat. Er führt uns in seinen Laden und
dann gehen wir in den Gasthof in's Quartier.

Den 18. Juli machen wir, in Begleitung von Herrn

Hansen, der uns schon in Sioux City empfing und dem
Commissär des Landdepartements Herrn Davis eine
Landreise. Nachdem wir zunächst durch eine angebaute
Gegend eine Strecke gefahren hatten kamen wir auf eine
Hochebene, auf welcher wir nur einzelne Farmen antrafen,
mit gebohrten Brunnen von über 100 Fuß tief. Dieser
Platz wurde uns zu einer Ansiedlung empfohlen. Der
Graswuchs war mangelhaft; die Getreidefelder waren bes-
ser, doch war der Kern in den Weizenähren schadhaft und
in den gelben Aehren zusammengeschrumpft. Auffallend
war uns der Temperaturwechsel: von 104 Grad sank
das Quecksilber in einer Nacht bis auf 62 Gr. Fahrenheit.
Nachmittag 4 Uhr nahmen wir noch einen Zug der uns
noch 104 Meilen westlich abends nach Kearney brachte.

Sonnabend, den 19. Juli, fuhren wir in Begleitung
des Herrn George O. Manchester, Prof. J. D. Butler,
Herrn Farland und Office Clerk James R. Hood von
Plattsmouth auf einer andern Bahn zunächst nach Lowell
und machten von dort eine Tour in die Prärie. Die
Gegend ist der im südlichen Rußland zu vergleichen. Eine
ziemliche Strecke ist der Boden sandig, dann trafen wir
Hügel mit abgerissenen Abhängen und Spuren von Ansied-
lern in Rasenhütten mit Dächern von demselben Material.
An einem kleinen Fluß, Little Flue, hielten wir Mittag
im Schatten der Bäume am Ufer Wir waren etwa
30 Meilen von der Bahn in südlicher Richtung und fuhren
Nachmittag noch 20 Meilen bis nach Red Cloud an dem
Republican River nahe an der Kansas-Grenze. Wir fan-
den auf dem Wege viel Büffelgras; überhaupt war der
Graswuchs spärlich; in der Ferne sahen wir Büffel und

Antilopen, letztere mit ihren Jungen weiden. Der Zug, der am Morgen von San Francisco kam, hatte in einem Frachtwagen 40 Silberbären, ca. 100 ℔ schwer.

Sonntag den 20. Juli gehen wir morgens in's Schulhaus und wohnen der Sonntagschule bei. Dann leitet Br. Funk von Elkhart den Gottesdienst, liest zunächst das 8. Kapitel im Römerbrief und predigt dann über die Worte unseres Heilandes: Eins ist Not.

Nachmittag hatten wir zuerst einen Gedankenaustausch über unser Predigen, dann besuchten wir einen Farmer in der Nähe und machten einen Spaziergang an den nicht unbedeutenden Fluß. Nach dem Abendessen unterhielt uns Herr Prof. Butler und erzählte uns von seiner Reise nach Californien, von den Riesencedern dort, die 250 Fuß hoch und 92 Fuß im Umfang sind. Später hielt er noch eine Ansprache über Ebr. 4, 15 in deutscher Sprache die mit Gesang und Gebet angefangen und beschlossen wurde.

Montag den 21. Juli brachen wir frühe auf und waren mit Sonnenaufgang schon eine Strecke gefahren. Es wurde zweimal angehalten und etwas genossen bevor wir in Hastings wieder an der Bahn ankamen und zwar 25 Meilen östlich von Lowell. Die Prärie war anfangs wenig empfehlend, besserte sich aber später; die Ansiedlung war schwach, auch war außer an einigen kleinen Flüßchen, das Wasser sehr tief und schwer zu bekommen. Hier nahmen wir die Bahn nach Lincoln, von hier noch 100 Meilen entfernt, das wir, nach dem wir in Crete zum Abendessen anhalten nur erst um 10 Uhr erreichten. Wir waren auf einem sehr ebenen Boden gefahren, der, je näher unserm heutigen Reiseziel, immer mehr besiedelt ward.

Als wir Dienstag Morgen gefrühstückt haben, steht ein schöner geräumiger Verdeckwagen vor unserm Gasthof, mit 4 Pferden lang bespannt und wir werden freundlich eingeladen ihn zu besteigen. Man will uns Stadt und Umgegend zeigen. Die Stadt, damals mit 7000 Einwohnern, empfiehlt sich; hat eine Universität, bereits 12, und einige mitunter recht schöne Kirchen, ein Irrenhaus und mehrere dreistöckige schöne Häuser. Außer der Stadt finden wir schöne Getreidefelder, einen Salzsee mit einer Badeanstalt, die wir beiläufig zu einem erfrischenden Bad benutzen, einen nicht unbedeutenden Salzfluß, auch einen fließenden Brunnen in der Stadt, der Salzwasser liefert.

Nachdem wir diese Gastfreundschaft dankbar genossen, gehen wir Nachmittag wieder auf den Zug zur Weiterreise. Wir fahren eine Strecke durch schöne Getreidefelder, dann nähern wir uns dem Platt River, den wir von der linken Seite haben und fahren dann hart am Fluße denselben entlang bis wir zu seiner Mündung in den Missouri kommen, den wir noch eine kurze Strecke bis Plattsmouth verfolgen. Hier verlassen wir die Bahn einstweilen und um 40 Meilen auf derselben zu ersparen, besteigen wir ein Boot, mit dem wir über den, hier eine Meile breiten Fluß vier Meilen weit nach der entgegengesetzten Seite kommen, wo wieder ein Zug auf uns wartet. Jetzt fahren wir noch eine Station frei, dann nimmt auch der letzte unserer freundlichen Reisebegleiter, Herr Manchester — die andern hatten sich schon jenseits des Flusses von uns verabschiedet — Abschied von uns, und wir fahren, von nun an, auf eigene Rechnung.

5

Jetzt geht die weitere Fahrt den ganzen übrigen Tag in einem Thal, in dem wir auf beiden Seiten die hügeligste Gegend sehen können, durch mehrere Städte. Wir fahren bei schönen Mais= und Getreidefeldern vorbei. Unsere Brüder, die beiden Tschetter und Unruh, nehmen Ab= schied, als wir unsern Weg nach Süden nehmen.

Sie gehen zunächst nach Elkhart, Ind., und dann zurück in die Heimat. Wir übrigen übernachten in St. Joseph. Hier nimmt auch Br. Johann Funk von uns Abschied; er will seine Brüder in Missouri besuchen. Un= ser Weg geht über Kansas City und St. Louis nach Sum= merfield in Illinois in die Gemeinde.

Donnerstag den 24. Juli erreichten wir am Morgen St. Louis, bestiegen dort einen Omnibus, mit dem wir auf einem großen Flußboot über den Mississippi nach Ost= St. Louis gebracht wurden und von dort die Bahn nach unserm Reiseziel wieder benutzten. Da der Zug in Sum= merfield nicht anhielt, nahmen wir uns in Lebanon für zwei Dollars eine Fuhre dorthin. Es war Mittagszeit als wir dort bei Br. Jac. Leisy abstiegen und Schwester Leisy richtete noch schnell für die Gäste zu.

Nachmittag begrüßen wir unsere alten Reisekamera= den, von denen wir in New York uns trennten, Geschwi= ster Rud. Riesens mit ihren Kindern, Abr. Quirings und Peters, die sich unterdessen hier schon vorläufig heimisch gemacht haben. Es ist hier Erntezeit, die Brüder sind sehr beschäftigt. Br. Chr. Krehbiel stockt einen Getreideschober. Mit unsern Landsleuten haben wir Zeit, uns, über unsere gegenseitige Erfahrungen seit unserer Trennung, viel zu unterhalten. Für den Abend wird eine Versammlung im

Bethause bestellt, die Bruder W. Ewert leitet. Er hat
das Thema: „Wo Friede da Glaube, wo Glaube da Liebe,
wo Liebe da Gott, wo Gott, da keine Not."

Nach der Erbauungsstunde finden sich bei Br. Leisy
mehrere Brüder ein und wir haben die Aufgabe, von un=
serm Reisezweck und unsern Reiseerfahrungen Mitteilung
zu machen. Es war schon nach Mitternacht als wir uns
wieder trennten, um unser Lager aufzusuchen. Am fol=
genden Morgen giebt es wieder eine lebhafte Unterhaltung.
Wir glauben, unsere Pflicht, in der Aufgabe die Ländereien
in den verschiedenen Staaten prüfend, für unsern Reisezweck,
zu besehen, als erfüllt ansehen zu dürfen, da Kansas zu be=
reisen, allgemein, als für unser Bedürfnis nicht geeignet
beurteilt wurde, indem in der östlichen Hälfte dieses Staa=
tes, die sich nur für Ackerbau eignet, die Regierungslände=
reien bereits aufgenommen seien; letztere hatten wir aber
für unsere armen Einwanderer vorzugsweise im Auge. Da
macht uns aber Br. Chr. Krehbiel noch auf Texas auf=
merksam, und bringt eine Reise dorthin in Vorschlag, zu
der, wie er sagt, bereits Vorbereitungen getroffen seien. Er
macht es uns zur Pflicht, uns derselben zu unterziehen, da
sie uns keine Kosten machen würde.

Br. Buller und Br. Ewert entschließen sich darauf
auch dazu. Ich mache für mich den Vorschlag während=
dessen im Osten die Gemeinden unserer Glaubensgenossen zu
besuchen, da die Bekanntschaft mit ihnen, für die Folge
uns gewiß auch von Nutzen sein könnte. Die Brüder er=
klären sich damit einverstanden. Br. And. Schrag schließt
sich mir an und Br. Jac. Schantz ist bereit uns zu beglei=
ten, was wir von Herzen bewillkommnen.

Für den Nachmittag war noch eine Versammlung be=
stellt, bei der Br. Buller den Anfang machte mit einer An=
sprache über einen Text aus Ev. Luk: Kap. 12. Darauf
löste ich ihn ab und behandelte mit Gottes Hilfe in Schwach=
heit den 6. bis 8. Vers aus Jes. Kap. 40. Es ging zuletzt
schon gedrängt, wir mußten mit unserer Abreise uns be=
eilen, wenn wir zum nächsten Sonntag in eine unserer
Gemeinden sein wollten. Bei Br. Vogt war uns das
Abendessen bereitet, dann brachte uns Br. Leisy in Beglei=
tung der Brüder Chr. Krehbiel und Warkentin nach Le=
banon, wo wir den Zug zunächst nach St. Louis bestiegen,
um von dort Chicago zuzureisen. Der treue Gott der sein
väterlich göttliches Auge offen hält auch über die schwächsten
seiner Kinder, hat so wie immer auch auf dieser unserer
Reise uns gnädig geleitet, so daß wir Sonnabend den 26.
Juli, um 10 Uhr abends, gesund und wohlbehalten in
Elkhart, Ind. ankamen, wo Br. J. F. Funk, den wir in
Chicago wieder einholten, nach 7=wöchentlicher Trennung
von Familie und Gemeinde, die lieben Seinen gesund und
wohlbehalten begrüßen durfte und in dessen Hause auch
wir andere Reisende eine brüderlich gastliche Aufnahme
fanden.

Hier im fremden Lande über Land und Meer, sogar
in einem fernen fremden Erdteil unter lieben Glaubens=
und Gemeinschaftsgenossen mich zu befinden, war für mich
ein eigentümlich wohlthuendes Gefühl und da es mir um
gegenseitige Bekanntschaft nach außen sowohl wie nach dem
Herzen zu thun war, stand ich, für meine Person, gewisser=
maßen als Vertreter unserer russischen Heimatgemeinden,
dadurch in einer wichtigen Aufgabe, hier unter unsern

Brüdern, von unserer Herzens= und inneren Lebensan=
schauung Zeugnis abzulegen.

Es wurde mir dazu in öffentlicher Versammlung ge=
nügend Gelegenheit gegeben und zwischen den Versamm=
lungen in verschiedenen Bethäusern hatte ich Zeit in häus=
lichen und wirtschaftlichen Kreisen mich umzusehen und fand
bei der Verschiedenheit der wirtschaftlichen Zustände in Ver=
gleich mit den in Europa mir gewohnten doch zu meiner
Freude, wie wir uns auf dem einen Grunde des göttlichen
Wortes doch einig waren, in den Artikeln unseres Sonder=
bekenntnisses in denen wir uns von andern Kirchengemein=
schaften unterscheiden, und da that es dem Herzen sehr wohl,
hier im neuen Erdteil, in dem wir eine neue Heimat zu fin=
den uns bestrebten, zahlreiche Gemeinden zu finden, die mit
Teilnahme Interesse nahmen an unserer damals bedräng=
ten Lage und uns Mut machten den wichtigen Schritt des
Heimatwechsels zu übernehmen, und uns durch langjährige
Erfahrung versichern konnten unter den Landesgesetzen Glau=
ben und Bekenntnis in Ruhe bewahren zu dürfen.

Unter vielem Neuen und Merkwürdigen, das ich da im
gastlichen Verkehr mit lieben Geschwistern sah und hörte,
will ich nur eins erwähnen, daß Bruder Buzzard vor Kur=
zem aus seinem Walde auf seiner Farm 10 Wallnußbäume
per Stück zu 51½ Dollars verkauft hatte, die an der Wurzel
5 Fuß im Durchmesser waren und deren Stamm bis an die
untersten Aeste 72 Fuß maß.

Fünf Tage verlebte ich mit meinen beiden Reisegenos=
sen hier in der Gemeinde. Darauf machten wir uns den 1.
August, ein Uhr morgens auf den Weg nach Ontario, Ca=
nada. Tags zuvor hatte ich im Versammlungshaus zu

Elthart, abends, schon unter Licht, noch meine Abschieds-
rede über Epheser 6, 10—24 gehalten. Da wir erfahren
hatten, daß in Detroit Glaubensgeschwister aus Europa
einen vorläufigen Aufenthalt genommen hatten, machten
wir es uns zur Aufgabe sie dort aufzusuchen.

Wir fanden dort acht Familien mit folgenden Namen:
Corn. Unruh, Peter Tjart, Gerh. Dürks, Dav. Willms,
George Willms, Heinr. Ratzlaff, Johann Schroeder, Peter
Kerber und noch einige ledige junge Leute. Bei Br. Ger-
hard Dürks kehrten wir zunächst ein, besuchten Br. Unruh,
der Gemeindelehrer ist, und noch andere Familien und
nächtigten dann auch bei ihm. Die Leute waren zufrieden,
beschäftigten sich mit Arbeiten, deren es dort genügend gab
und verdienten nach ihrer Aussage mehr als sie zu ihrem
Unterhalt nötig hatten.

Sonnabend den 2. August machten wir uns wieder
auf die Reise. Br. Dürks und sein 14-jähriger Sohn
Robert begleiteten uns bis zum Depot; wir fuhren bald bei
Port Huron mit einem mächtigen Dampfprahm mit unseren Waggons ohne die Lokomotive über die Meerenge und
kamen noch bei Zeiten zu Br. Jac. Schantz, der seine Familie begrüßte und uns noch Aecker und Garten zeigte. Es
war gerade Erntezeit.

Hier in der Gemeinde war ich schon bei unserer Ankunft um Pfingsten bekannt geworden. Man brachte mich
schon Sonntag an die Arbeit und wußte es so einzurichten,
daß ich die Woche hindurch täglich drei Versammlungen zu
bedienen hatte; die jedesmal zahlreich besucht waren. Der
treue Herr, der in den Schwachen mächtig ist, half mir auch
gnädig, daß ich mit Freudigkeit Zeugnis ablegen konnte von

Seiner Gnade und Wahrheit, und ich erinnere mich noch oft und gerne an die Liebe und teilnahmvolle Aufmerksamkeit, die ich und meine lieben Reisegefährten auch dort so reichlich genossen haben.

Im Jahre 1882 hatte ich noch einmal Gelegenheit, diese lieben Gemeinden zu besuchen, alte Bekanntschaften wieder aufzufrischen und neue zu machen. Der treue Herr, der da verheißt, daß Sein Wort nicht leer zurück kommen soll, sondern ausrichten, wozu er es sendet, wolle auch meine schwache Arbeit auf diesen beiden Besuchen zum Segen gereichen lassen.

In den Hausbesuchen gab es auch Gelegenheit an Krankenbetten und bei altersschwachen Geschwistern, den Betreffenden zu Herzen zu reden. Von vielen lieben Brüdern, deren warmer Teilnahme ich mich dankend erinnere, erwähne ich nur die Namen David Scherg, der mich in Betreff unseres Sonderbekenntnisses in ein spezielles Examen nahm und mir in meinem Reisetestamentchen, das ich bei ihm vergaß und das er dann mir nach Pennsylvanien nachschickte, folgendes eingeschrieben hatte, das ich hier wörtlich wiedergeben will;

„Lieber Bruder, Du hast Deinen teuren Schatz, welchen Du uns so hoch angepriesen hast und Dir so notwendig ist auf Deiner Reise, als die beste Schutzwehr, bei uns vergessen, zu Peter Nißley. Lieber Bruder! Du wirst so gut sein und Br. Sudermann dieses zusenden oder bringen. Ich wünsche Euch allen Glück und Gottes Segen, wo Ihr hinkommt, es mag sein, wo es will.

Liebe Brüder in dem Herrn,

Die Ihr wohnet in der Fern;

Ihr habt jetzt ein Land erspät,
Wo Gewissensfreiheit steht.
Laßt Euer Herze nicht erbeben,
So wird Gott euch Segen geben.
Braucht nur dieses Buch zu Waffen,
So wird Gott euch Sieg verschaffen! Amen.

David Scherg, Ontario, Waterloo Co., Preston."

Dann erzählte mir Bruder George Schmidt wie er als junger Mann von Europa herübergekommen, bei einem Bischof Eby in Berlin Dienst als Knecht genommen hatte. Wie er überzeugt von der Wahrheit bald für's Mennonitische Bekenntnis sich entschieden, dem Anschluß durch die Taufe nachgesucht und unserm Bekenntnis beigetreten sei. Wie er aber mit diesem Wechsel seine l. Mutter so gekränkt habe, daß sie ihm die Thür in ihrem Hause zu betreten, verboten hatte. Lange war dieser entzweite Zustand dem Sohne als ein schwerer Druck auf dem Herzen gelegen, ohne eine Hoffnung auf kindliche Annäherung, und noch ernster wurde er beunruhigt als er darauf erfuhr, die Mutter sei ernstlich krank. Er versuchte es, und schickte eines seiner Kinder zur Großmutter mit einer Flasche eingekochtem Obst, der Kranken zur Erquickung. Die Gabe wurde angenommen aber weiter nichts gesagt. Sie wurde wiederholt und das Kind kam zurück und erzählte, die Großmutter habe gefragt: Warum kommt der Vater nicht? Das war's ja, was der Sohn so gerne hören wollte. Unvorzüglich eilte er zur lieben kranken Mutter, und die Versöhnung zwischen Mutter und Sohn kam nach langer Trennung jetzt leicht zustande.

Die Thränen netzten die Wangen des Bruders noch bei der Mitteilung. Die Mutter wurde überzeugt, daß der Sohn nicht unrecht gethan wenn er von seinem Gewissen überzeugt den Wechsel vorgenommen, und — so schloß er den Bericht — wäre die Mutter gesund geworden, sie hätte selbst sich noch dem wehrlosen Bekenntnis angeschlossen.

Den 8. August ging es nach dem Frühstück an's Abschiednehmen, zunächst von der Familie der Geschwister Scherg. Der Sohn des Hauses fuhr uns nach Preston zum Bahnhof. Geschwister Jacob Schantz begleiteten uns noch bis dahin. Dort angekommen, fand sich auch bald unser lieber Reisebegleiter, Br. Elias Eby ein. Man wollte uns, der Sprache unkundig, nicht ohne Begleitung den Weg nach Pennsylvanien machen lassen; das war sehr freundlich von den lieben canadischen Geschwistern. Bruder Eby zeigte uns auf dem Wege durch Canada verschiedene Stellen, wo auch nahe bis am Niagara unsere Glaubensgenossen wohnten. Um die Mittagszeit fuhren wir über die merkwürdige Brücke drei Meilen unterhalb des großartigen Wasserfalles in das Vereinigte Staaten Gebiet.

Um einigermaßen einen Begriff von den canadischen Waldungen zu erhalten, in denen unsere Glaubensbrüder sich angesiedelt haben und die sie zu lichten das energische Unternehmen hatten, sei hier beiläufig mitgeteilt, was Bruder Eby uns erzählte, daß er auf seinem Ansiedlungsplatz einen Baum gefällt habe, der sechs Fuß im Durchmesser gewesen sei; den mußte er 60 Fuß von der Wurzel erst verspalten bevor die Blöcke transportiert werden konnten.

Wir mußten des Anschlusses wegen in Rochester nächtigen und hatten aus dem Grunde auch in Elmira zwei

Stunden Aufenthalt.   Doch kamen wir Sonnabend den 9.
August noch bei Zeiten in Mount Joy in Lancaster Co. an,
wo wir bei Bruder Gabriel Baer freundliche, gastliche Auf=
nahme fanden.

Darauf ging es, gleich am Sonntag Morgen, für mich
speziell an die Arbeit, denn die Brüder sorgten redlich dafür,
daß ich mit der Verkündigung des göttlichen Wortes reichlich
Beschäftigung fand; zunächst ging es in's Versammlungs=
haus Kastanienberg, wo neben mir die Brüder Heinrich
Schenk und Christian Neukommer dienten.

Ueber Mittag gingen wir zu dem 79 Jahre alten Br.
Christian Nißley.   Zum Nachtessen zu Br. Heinrich Schenk,
darauf nächtigten wir bei Br. Peter Nißley, mit dem es eine
besonders lebhafte Unterhaltung gab, indem der liebe Bru=
der nach Vielen sich erkundigte und viel zu fragen wußte.

Montag, den 11. August machten wir zwischen den
Versammlungen Besuche bei Br. Chr. Nißley, dann bei
Br. J. K. Nißley, dessen Frau an Herzklopfen litt, dann
besuchten wir bei Br. Bergthold dessen kranke Schwieger=
mutter, dann ging's zu Schwester Brennemann, die schwach
und krank darnieder lag.   Zum Nachtessen besuchten wir
den 87 Jahre alten Bruder Horst, der sich schon längst für
die Rußländer warm interessiert hatte und dessen zwei ledige
Töchter uns ebenfalls herzliche Teilnahme bewiesen.   Es war
bereits dunkel als wir abends in unser gastliches Nachtquar=
tier kamen, das wir bei dem lieben Br. Bischof Jacob Bru=
bacher fanden.

Dienstag, den 12. begleitete mich Br. P. Nißley nach
der Vormittagsversammlung zu Freund Kaufmann, der
zwar nicht Gemeindeglied, aber doch mit unsern Brüdern

dort sehr befreundet war; in seiner Nähe war auch das
Versammlungshaus, das er zu besorgen übernommen. Die=
ser l. Freund hatte eine Reise nach Californien gemacht und
wußte uns mit interessanten Mitteilungen aus dem Westen
gut zu unterhalten. Er zeigte uns eine Scheuer von 85
Fuß Länge, welches der Umfang eines dortigen Baumes
war. Ein anderer ähnlicher Riesenbaum lag umgefallen
auf der Erde und war vom Feuer hohl ausgebrannt; da
sind die Reisenden durch dieses Baumrohr durchgeritten.
Ein anderer umgefallener Baumstamm war 164 Fuß von
der Wurzel noch 30 Fuß im Umfang. Solche und ähnliche
unbegreifliche Mitteilungen wurden uns gemacht und doch
behielt man von dem Erzähler den Eindruck, daß er mit
seinen Berichten nicht übertrieb. Bei Bruder David Herschy
übernachteten wir.

Folgenden Tages fuhr uns Br. D. Herschy in's Ver=
sammlungshaus bei Littitz, von wo aus uns Br. Joh.
Heß zu Mittag zu sich nahm. Bei diesem l. Bruder über=
nachteten wir auch, nachdem wir noch den alten teilnehmen=
den Bruder Risser besucht, und mit Bruder Bamberger einen
Abstecher nach Littitz, einem Ort der Brüdergemeine ge=.
macht hatten, woselbst ich mit einem Manne mit Namen
Frühauf Bekanntschaft zu machen Gelegenheit bekam.

Die Brüder Benjamin, Amos, Daniel und Elias
Herr waren uns nicht nur freundliche Gastgeber, sondern
hatten mit allen Andern auch ein teilnehmendes Herz für
unsere wichtige Angelegenheit über welche wir ihnen ein=
gehenden Bericht erstatten durften: ebenso der alte Bruder
Mosemann, den ich in Lancaster besuchte und der, wie Br.
Benj. Herr, Bischof an der Gemeine war. All' dieser schon

erwähnten lieben Brüder und vieler Anderer deren Be=
kanntschaft ich zu machen Gelegenheit hatte erinnere ich mich
noch, nach mehr als zwanzig Jahren, mit warmer Liebe
und Hochachtung und werde es nie vergessen, welchen Trost
mir ihre herzliche Teilnahme in meiner damaligen gedrückten
Gemütsstimmung bereitete, die mir unserer damaliger Hei=
matwechsel verursachte.

Auf solche Weise bot jeder neue Tag unseres Aufent=
haltes in den Gemeinden in Lancaster Co., Pa., mir wie=
derholt neue Gelegenheit, zu zeugen, in Schwachheit aber
doch, mit Gottes Hilfe, mit Freudigkeit von dem großen
gottseligen Geheimnis unserer Erlösung, die durch Jesum
Christum geschehen ist; und wir überzeugten uns, zu un=
serer Freude, daß Gottes Geist seine Kinder, wie in Europa
so auch in Amerika, in die eine Wahrheit leitet und der
Glaube, den wir miteinander haben, kräftig wird in der
Erkenntnis alles des Guten, das wir haben in Christo Jesu
unserm einigen, gemeinschaftlichen Heiland; und wie die
Salbung uns allerlei lehrt, so ist es recht und wahr und
ist keine Lüge nach 1. Joh. 2, 27.

Dazu war ich herzlich froh immer neue Bekanntschaft
zu machen mit so vielen lieben Geschwistern. Vor jeder
Versammlung stand ich größtenteils auch vor einer neuen
Zuhörerschaft. Wenn das zu einem Teil auch für den Pre=
diger zu großer Aufmunterung dient, fühlt er von der an=
dern Seite auch wieder die wichtige Verantwortung wenn
er es sich vergegenwärtigt, daß alle diese seine Zuhörer, an
dem großen Tage der allgemeinen Abrechnung ihm gegen=
über stehen, entweder ihn segnend wenn er seine Pflicht als
Gottes Bote treu erfüllt hat, oder ihn verklagend, wenn er

von der herrlichen evangelischen Wahrheiten nicht mit dem,
ihnen angemessenen, heiligen Ernst gezeugt und die wichtige
und dringende Aufforderung: „Kommt zu Jesu!" nicht
mit warmer barmherziger Liebe und Teilnahme seinen
Mitsündern und Miterlösten gegenüber ausgesprochen. In
dieser Hinsicht wolle Gott in Gnaden nach Seinem Erbar=
men mich ansehen, überall, wo ich Gelegenheit und die Auf=
gabe hatte, Sein heilig Wort zu handhaben und von Ihm
und Seinem wunderbaren Rat zur Seligkeit zu reden und
zu zeugen. War es mir, was das Amt das die Versöhnung
predigt in meinem Leben überhaupt und besonders auch
hier in Amerika zum Teil oft vor einer neuen Zuhörerschaft
Gottes teures Wort zu verkündigen, das schätze ich von der
einen Seite für eine besondere Gnade, fühle aber von der
anderen an meinem Lebensabend auch die große Verant=
wortung die mir, bei meiner wichtigen Aufgabe oft lange
nicht ernst genug vor der Seele stand und auch jetzt nicht steht.

Freitag den 15. August brachte uns eine Depesche die
erfreuliche Nachricht, daß die beiden Brüder Jacob Buller
und Wilh. Ewert von ihrer Reise nach Texas glücklich und
wohlbehalten nach New York gekommen seien. Wir wurden
von ihnen für den nächsten Montag nach Philadelphia be=
stellt, wo wir mit einigen Vorgesetzten von der Northern
Pacific Eisenbahn über ein Anerbieten für eine Ansiedlung
an ihrer Bahn Bescheid erhalten sollten. Da blieb uns
dann noch der Sonnabend und der Sonntag zur praktischen
Verwendung mit Erbauung und Geschwisterbesuch übrig,
wozu es ja auch an immer neuer Gelegenheit nicht fehlte,
wofür die l. Geschwister, in deren Mitte wir weilten, auch
nicht versäumten Sorge zu tragen.

Als wir darauf Montag den 18 August uns zur
Abreise bereit machten waren viele l. Brüder bereit uns
bis nach Philadelphia zu begleiten, was für uns eine große
Freude war, da sie, erfahren in den amerikanischen Ver=
hältnissen, uns guten Rat erteilen und vor manchem Fehler
bewahren konnten. Die Brüder, die sich uns anschlossen
waren: Amos, Daniel und Jacob Herr, Peter und Jacob
Nißley, Joh. Schenk, Gabriel Baer, Heinrich Eby und
Jacob Ernst. Um 12 Uhr kamen wir in Philadelphia an,
wo Bruder Buller und Bruder Ewert uns auf dem Bahn=
hof empfingen.

Dienstag den 19. hatten wir die Unterredung mit
Herrn Cook dem Präsidenten der N. P. Bahn, in welcher
uns die Pennsylvanier Brüder treu unterstützten. Abends
nahmen wir Abschied von diesen lieben Brüdern, die uns
auch hier so gute Dienste geleistet hatten und gingen um 7
Uhr mit der Bahn nach New York.

Mittwoch den 20. August wurde mir schließlich ein
sehnlicher Wunsch erfüllt, noch vor meiner Abreise nach
Europa, mit Jemanden von der Familie Corn. Jansen,
die aus meiner Heimatgemeinde vor wenigen Tagen hier
in Canada gelandet war, zusammen zu treffen. Br. Jan=
sen war mit seinem ältesten Sohn Peter nach New York
gekommen, dieses erwünschte Zusammentreffen noch zu er=
möglichen. Das war beiderseitig eine große Freude; leider
war die Zeit nur kurz die uns vergönnt war noch zusam=
men zu sein. Wir hatten uns gegenseitig viel mitzuteilen
und folgenden Tages Nachmittag um 2 Uhr schlug die Ab=
schiedsstunde, denn um diese Zeit mußten wir das Schiff

besteigen, das uns in unsere alte Heimat und zu den Un=
srigen zu gelangen, dienen sollte.

O, was ist doch das arme Leben mit seinen Freuden
und Leiden? Wie nichtig, wie flüchtig! Es gab vor der
Abreise noch manches zu thun mit Briefeschreiben und das
Reisegepäck zu ordnen. Auf diese Weise verging die Zeit
sehr schnell.

Zum Abschied fanden sich auch noch die beiden Brüder
Stobbe ein, deren Bekanntschaft wir hier schon bei unserer
Ankunft gemacht hatten. Sie und Jansens, Vater und
Sohn, begleiteten uns zur festgesetzten Zeit bis auf das
Schiff. Auf dem Hafenplatz trafen wir ganz unerwartet
mit einigen Familien Auswanderer zusammen, die aus
unserer Gemeinschaft aus dem südlichen Rußland, unter=
dessen wir fort waren, ihr Eigentum veräußert, hier ihr
neues Heimatland betraten. Leider gestattete die kurze
Zeit, die uns noch übrig war, nur einen flüchtigen Wort=
wechsel, obgleich es uns von beiden Seiten wünschenswert
gewesen wäre, namentlich ihnen, sich näher über unsere
Reiseerfahrungen zu besprechen. Die Dampfmaschine war=
tet bekanntlich in der Regel nicht auf ihre Passagiere. Es
waren in dieser Auswanderungsgesellschaft unter Andern
die Familien Carl Glöckler, Heinr. Goerz und Aron Peters,
die einige Jahre auf der Halbinsel Krimm gewohnt hatten.

Der Augenblick war gekommen wo es allen Ernstes
galt Abschied zu nehmen, der mir, namentlich von den lieben
Jansens, recht schwer wurde. Die Maschine wurde in Arbeit
gesetzt und in wenigen Minuten waren wir im freien Was=
ser. Ein Nebel benahm uns die Aussicht von der schönen
Landschaft, die uns sonst die beiderseitigen Ufer, zwischen

denen wir eine Strecke fuhren, geboten hätte. Bald ver=
loren wir dieselbe auf der linken Seite und nach einigen
Stunden war jeder Anhaltspunkt an's Land dem Auge
entnommen.

Der Atlantische Ocean war nun, bei mit Gottes Hilfe
glücklicher Reise eine Reihe von Tagen der Bereich auf wel=
chen wir uns angewiesen sahen. Es wird wohl, wenn auch
sehr verschieden, ein Jeder, der eine solche Reise macht, er=
fahren, in welchen ernsten Gemütsbewegungen dieselbe an=
getreten wird. Aber wer unter dem Schirm des Höchsten
sitzet und unter dem Schatten des Allmächtigen bleibet, der
spricht zu dem Herrn: Meine Zuversicht und meine Burg,
mein Gott auf den ich hoffe. Ps. 91, 1. 2.

Nachdem das Gemüt einigermaßen beruhigt war,
hatte ich Muße einige Briefe aus der Heimat, die ich in
New York erhielt, zu lesen. Der Inhalt derselben war
nicht geeignet mich heiter zu stimmen; er gab mir Nachricht
von verschiedenen Todesfällen, unter denen besonders einer
mich nahe und schmerzlich berührte: eine von meinen vier
Schwestern, von denen ich auf Wiedersehen Abschied ge=
nommen hatte, war unterdessen gestorben. Da mußte ich
schon auf das Wiedersehen verzichten und mit der Hoffnung
mich trösten, daß doch aus Gnaden um des stellvertretenden
Verdienstes unseres gekreuzigten Heilandes willen auf uns
eine frohe Aussicht für die Ewigkeit wartete.

> Nach kurzem Kampf zur Herrlichkeit,
> Das Land der Ruhe ist nicht weit.
> Dein Josua führt dich hinein,
> Bald wirst du, bald bei Jesu sein.

Bei Jesu sein; welch köstlicher Trost, welche süße Hoff=
nung. Und auch die Rückreise, auf der wir uns jetzt be=
fanden, sollte uns die Wahrheit der Worte bestätigen, die
der König David bei einer ernsten Erfahrung, die er in seinem
so bewegten Leben machte, einmal aussprach), 1. Sam. 20, 3:
„Wahrlich, so wahr der Herr lebet, und so wahr deine Seele
lebet, es ist nur ein Schritt zwischen mir und dem Tode."

Sonntag den 24. August hatten wir einen freundlichen
Morgen. Es war in der Nacht Gewitter gewesen, doch war
Alles vorbei und die Passagiere versammelten sich wie ge=
wöhnlich auf dem Deck. Einer unserer Mitreisenden fragte
ob wir auch heute einen Gottesdienst haben würden. Auf
den englischen Schiffen sei derselbe für die Sonntage ange=
ordnet, der Kapitän hatte die Pflicht ihn zu versehen, wenn
kein Prediger als Mitpassagier in der Reisegesellschaft sei.
Es wurde aber bei uns keiner angeordnet.

Wenn Tags zuvor die See, ohne Wind, auffallend
hoch ging, sagte der Kapitän, er könne nicht wissen, ob
die hohe See in Folge eines gewesenen Sturmes sei, oder
ob wir einen solchen zu erwarten hätten. Da erhob sich
ein Wind aus Süden, die Matrosen waren beschäftigt die
Segel aufzuhissen, denn der Wind blies stark hinein und
die Fahrt schien günstig von statten zu gehen. Gegen
Mittag wurde er stark, so daß die Passagiere auf dem
Verdeck Schutz vor dem starken Winde suchten. Zuletzt
wurde es, des Windes wegen, ungemütlich auf dem Deck zu
bleiben und man ging lieber in die Kajüte. Das Schiff
fing an heftig zu schwanken und die Wellen schlugen auf
das Verdeck und begoßen die Leute mit Wasser. Da legte
ich mich besser auf mein Lager, weil man sonst leicht unwohl

6

fühlt. Aber auch auf dem Lager hatte man wenig Ruhe,
weil die Bewegungen so heftig wurden, daß man genötigt
war, sich fest zu halten wenn man mit den Schwankungen
nicht hin und her geworfen werden wollte. So verging
der Nachmittag und die bange Besorgnis vor der Nacht,
ließ häufige inbrünstige Seufzer zum Herrn empor steigen
um Gnade und Erbarmen. Es ist ja ein Sturm auf dem
Meere bei finsterer Nacht noch doppelt schrecklich.

Doch schien die Szene nur immer ernster werden zu
wollen. Alle von den Passagieren hatten sich in die Kajüten
zurückgezogen. Das Nachtessen wurde von Allen vergessen,
es wurde nicht einmal aufgetragen, denn der Sturm fing
an in einen heftigen südlichen Orkan auszuarten.

Schon vor Abend hatte man den Kapitän mit einer
düstern Miene bei sich vorüber gehen sehen, er mochte wohl
geahnt haben, daß ihm und uns allen eine ernste Prüfung
bevorstand. Da auf einmal, als die Uhr etwas über acht
war, wurde ein großes Getöse auf dem Schiff, welches zwei
Treppen nach unten natürlich nicht in seinem Umfange ge=
hört werden konnte. Eine Sturzwelle, die bis an den
untersten Mastkorb, 40 Fuß über dem Verdeck gereicht haben
soll, hatte sich mit ihrer ganzen Wucht auf das hintere Ende
von der rechten Seite des Schiffes geworfen.

Welch eine Verwüstung hatte die Macht dieser einen
Welle, auf unserem schönen Schiffe angerichtet! Eins von
den acht Rettungsbooten war völlig verschwunden, zwei
andere waren aus ihrer Stellung gerissen und auf das
Verdeck geworfen, die beiden Ueberbaue der Treppen zur
ersten und zweiten Kajüte, und ein großer, und ein etwas
kleinerer Fensterüberbau, wovon der erste etwa 20 Fuß

lang und 5 Fuß breit Licht in den obern Salon, der an=
dere 6 Quadratfuß Licht auf die Treppen warf, waren
ebenfalls weggerissen, und in diese große Oeffnungen drang
das Wasser jeder neuen Welle, wie mit einer Flut genährt
in den obern und von dort durch eine Oeffnung, die die
Ventilation vermittelte, auch in den untern Salon in wel=
chem ich mich mit meinen Reisegefährten befand. Wir
sprangen (in unsern Kajüten) aus unsern Betten und
eilten in den Salon, um zu sehen, was da werden wollte.

Welch eine Szene entfaltete sich da unsern Blicken!
Wie mit Eimern ergoß sich das Wasser durch die genannten
Oeffnungen in der Decke in unsern Schiffsraum. In kur=
zer Zeit standen wir bis an die Knöchel im Wasser. Die
heftigen Schwankungen des Schiffes, die das eingedrungene
Wasser bald nach der einen, dann wieder nach der andern
Seite warfen, machten die Szenen noch schauerlicher.

Wir sahen uns in Todesgefahr, denn jede neue Welle,
die sich über das Schiff ergoß, gab dem eingedrungenen
Wasserstrom neue Nahrung. Ich sah mir den Raum noch
einmal an, der in der nächsten Stunde vielleicht mein und
meiner Schicksalsgenossen Grab sein würde. Ich dachte an
Weib und Kind und befahl sie meinem Gott, der nach
Seiner Wundermacht gewiß sie reichlich zu trösten bereit
sein werde. Meine Seele befahl ich meinem barmherzigen
Bürgen und Mittler, Jesu Christo, durch dessen vollgültiges
Verdienst ich Gnade und Vergebung in dem wichtigen und
ernsten Schritt aus der Zeit in die Ewigkeit hoffte und
glaubte.

Aber die vielen um mich stehenden, halb oder ganz
entkleideten Leidensgenossen, die jammernden Frauen und

Kinder — ach wie Vielen fehlte da wohl die lebendige Hoff=
nung, die uns im Tode nicht verläßt. Ich hatte nicht das
Vermögen ihnen den einen Trost im Leben und im Sterben
zu bringen, mich beschäftigte mein eigener Zustand mit
meinen Gedanken zu sehr; man hatte auch Not bei den
heftigen Schwankungen des Schiffes sich auf den Füßen
zu erhalten.

Sollte wohl noch eine Möglichkeit sein, daß auch aus
dieser Todesgefahr uns noch eine Rettung werden könnte?
so fragte man sich.

Doch wunderbar, die Bewegungen des Schiffes wur=
den bald merklich weniger, der Wasserguß gab nach, oben
auf dem Verdeck hörte man Hammerschläge. Es wurden
Anstalten getroffen die großen Oeffnungen mit Bretter und
Segel zuzulegen, so daß nur periodenweise noch frisches
Wasser dazu kam, und es gelang auch bald die Oeffnungen
völlig zu schließen. Dann trug man Sorge das einge=
drungene Wasser zu entfernen, es mußte dasselbe mit Ei=
mern zwei Treppen hoch hinausgetragen werden, welches
keine kleine Arbeit war, welche die Zwischendeckpassagiere
besorgten.

Das war eine wichtige und ernste Nacht, die ich nicht
vergessen möchte und die unseren Reisegefährten allen un=
vergeßlich bleiben wird. Das waren gesegnete Erfahrun=
gen, deren mich der Herr wert hielt und zu meiner inneren
Erziehung nötig fand um mir einen Eindruck zu geben,
von dem Ernst des Wechsels, der uns Allen bevorsteht und
der uns durch die Todespforte, den Blick in die Ewigkeit
öffnet, zu der uns in dieser wichtigen Zeit die Vorbereitung

gegeben ist. Die Erinnerung an jenen 24. August behält ihren Wert für's ganze künftige Leben.

So verging die lange Nacht mit Seufzen und Beten und der Morgen brach an und mit demselben, die Hoffnung, der Herr werde nach Seiner Gnade uns doch noch helfen und unser Schiff, die Hamonia, noch retten und seine Bevölkerung noch am Leben erhalten. Hatte Er uns nach dem Schrecken der Nacht doch noch einmal das Licht des neuen Tages sehen lassen.

Aber auch der folgende Tag war noch stürmisch, so daß nur wenige von den Passagieren es wagten auf das Verdeck zu gehen; die Wellen gingen hoch, doch waren wir hoffnungsvoll, daß die größte Gefahr vorüber sei. Wir waren aus dem Centrum des Sturmes mehr in seine Perepherie gekommen. Neue Hoffnung zum Leben tröstete die Gemüter, doch konnte man bei den heftigen Schwankungen des Schiffes nur die nötigsten Gänge besorgen, wenn man mit den Händen sich an den Wänden stützte.

Als die Nacht wieder einzubrechen begann, beschlich neue Sorge das geängstete Gemüt und mit Inbrunst des beklommenen Herzens befahlen wir uns, mit Gebet und Seufzen, dem gnädigen, göttlichen Schutz. Er, der Herr, dem Wind und Meer gehorsam sind, wolle in Gnaden alle Not und Gefahr von uns abwenden, dem Wind und den Wellen Stille gebieten und uns Armen Seine mächtige Hilfe erfahren lassen. Er, der selbst das Verlangen der Elenden hört und erhört verschmähte auch unser Flehen nicht, sondern ließ uns gnädige Hilfe erfahren; es beruhigte sich nach und nach das Meer und mit ihm auch das beklommene Herz

und so bekam auch allmählich der müde Leib seine Ruhe im
süßen Schlummer.

Den folgenden Tag, Dienstag, ging ich nach dem
Sturm zum ersten mal auf das Verdeck. Es verletzte, nach
dem gemeinsam Erlebten, schon nicht die Etikette wenn
es barfuß geschah, denn die durchnäßten Stiefeln und
Strümpfe mußten zunächst durch die wärmende Sonne, die
uns nun wieder freundlich schien, brauchbar gemacht werden.
Der Himmel war heiter, die See nicht mehr so ungestüm,
das Schiff schwankte zwar noch heftig, doch war die frische
Seeluft, im Verhältnis zu der eingeschlossenen im unteren
Schiffsraum, sehr wohlthuend.

Ich sah nun mit eigenen Augen was ich vorhin schon
beschrieben. Zwei Segel, das Schooner= und das Stach=
segel waren in Stücke zerrissen. Die Steuerbordseite hatte,
nach Hinten zu vom Schiff, von der mächtigen Sturzwelle,
einen so heftigen Druck erlitten, daß nur der eiserne Har=
nisch die Zerstörung vorgebeugt hatte. Das Holz inwendig
hatte der Gewalt nicht widerstehen mögen und zeigte vielfäl=
tige Spuren der Zersplitterung. Ein eiserner Balken an
der Treppe beim Eingang in die erste Kajüte war auffallend
verbogen, die eisernen Stäbe am Treppengeländer waren
zerbrochen und wir überzeugten uns, wie die ersten Kajüten=
passagiere, bei jener Katastrophe in ungleich größerer Ge=
fahr geschwebt hatten im Vergleich mit uns. Schöne Wände
waren zerbrochen kostbare Spiegel zertrümmert und sonst
überall waren die Beweise der traurigsten Zerstörung sicht=
bar. Die Brüstung an der Steuerbordseite war 50—60
Fuß ganz fortgeschlagen und wurde nun, so gut als möglich
mit vorrätigem Holz, Brettern und Bäumen wieder ausge=

bessert. Unser früher so schönes Schiff, wie verstümmelt
sah es jetzt aus.

Es hatte bei der Affaire 14 Verwundete gegeben; glück=
licherweise war keiner lebensgefährlich verletzt. Ein Boots·
mann, im Begriff von der Kapitänsbrücke eine Ordre ins
Steuerhaus zu bringen war glücklicherweise während die
Sturzwelle sich ergoß gerade bei den Seilen, die die Mast=
bäume halten, sonst hätte ihn die Flut sicher mit in die Tiefe
fortgerissen. Das ganze Steuerhaus war in dem Augen=
blick voll Wasser, und einer der Männer die am Steuerrad
arbeiten war ebenso in Gefahr mit in die Flut fortgerissen
zu werden; glücklicherweise bekam ein anderer ihn noch recht=
zeitig an den Füßen zu halten.

Nach Gottes gnädiger Fügung war der Teil des Schif=
fes verschont geblieben in welchem die Maschinen arbeiteten.
Zwei von den fünf vorhandenen Dampfkesseln, waren
aber doch unbrauchbar geworden; doch konnten wir, mit
Gottes Hilfe, wenn auch langsam, unsere Reise bei schönem
günstigem Wetter fortsetzen.

Einer unserer Reisegefährten, der jenen Abend auf's
Verdeck gegangen war, um durch eigene Anschauung sich den
großartigen Eindruck von dem Schauspiel zu verschaffen,
sagte: unser Schiffchen sei buchstäblich ganz von Bergen um=
geben gewesen. Was für eine ungeheure Macht liegt doch
in den Elementen und doch hat unsere Hamonia ihnen un=
ter Gottes gnädigem Schutz widerstehen können. Unter
Gottes gnädigem Schutz! Das betonen wir mit Freude und
Dank, denn Seine Herrlichkeit und Allmacht zu erkennen
und zu bewundern gab diese Erfahrung uns eine schöne
Anleitung.

Aber ist am Schemel Seiner Füße
Und am Thron schon solcher Schein;
Ei, was wird an Seinem Herzen
Erst für Glanz und Wonne sein!
Ja, an Ihn sich anzuschmiegen;
Erglüh'n in Seinem Sonnenschein,
An Seinem Herzen liegen —
O Seele, was kann sel'ger sein!

So ging die Fortsetzung unserer Reise mit Gottes Hilfe ohne jede Störung glücklich von statten. Jeder suchte sich so gut wie möglich die Zeit in ihrer Einförmigkeit zu verkürzen. Eine Bibliothek stand den Passagieren auch zu Gebot.

Dienstag den 2. Sept. ging ich nach Sonnenaufgang auf das Deck; es waren 12 Segel ausgespannt die der Maschine die Arbeit erleichterten und unsere Reise beschleunigen halfen, so daß wir abends um 5 Uhr die Leuchttürme auf den Scille Inseln und bald darauf auch die Felsen der Inseln sehen konnten. Das verursachte allgemeine Freude; einer verkündigte die gute Botschaft dem Andern und Alles fühlte leicht, nach 13tägiger Fahrt wieder einmal in der Nähe des Festlandes sich zu befinden. Abends, als es dunkel werden wollte sahen wir den ersten Leuchtturm auf dem Festlande Englands bei Landsend. Als wir den erreicht hatten mit seinem bald blutroten, bald hellen Flammenschein, kamen uns wieder neue andere in Sicht. Um neun Uhr sahen wir in der Ferne einen vor uns, und der Kapitän sagte, es seien von dort noch 50 Meilen bis Plymouth. Man wollte ungeachtet der Dunkelheit der Nacht auch Gegenstände an der englischen Küste bemerken können.

Als ich Mittwoch, den 3. September, frühe aufwachte, bemerkte ich, wie man von der Wachtbrücke Signale nach der Maschine gab; auf eins solcher Signale stand die Maschine, doch nur eine kurze Zeit, dann kam ein anderes Signal und sie arbeitete wieder. Der Lotse war gekommen und unterdessen die Treppe herauf an Bord gestiegen. Die Maschine arbeitete eine ziemliche Weile, zuletzt auf Signale mit Unterbrechung. Dann stand sie still. Als ich aufgestanden und mich angekleidet hatte, war die Uhr ½3. Ich ging auf's Verdeck und sah, daß wir uns bereits im Hafen von Plymouth befanden. Viele Lichter gaben uns die Stelle an, auf der die Stadt sich befindet.

Der Sternenhimmel ist auch voller Lichter und man orientiert sich leicht in den Himmelsgegenden. Man sieht in geringer Entfernung größere und kleinere Schiffe. Ein kleiner Dampfer kommt auf uns zu mit einem blauen und einem gewöhnlichen Lichte. Es ist der, der uns die Post für England abnimmt. Er kommt mit der Flanke an der unseres Schiffes. Ein merkwürdiger Unterschied, unser Dampfer ein mächtiger Bau, und dieser im Vergleich so klein. Es wird ein Seil geworfen und als unsere Matrosen es ergreifen, da heißt es: **all right!** Die Schiffstreppe wird hinab gelassen und einige neue Passagiere steigen zu uns herauf. Darauf werden verschiedene Sachen umgeladen, unter anderem 15 Barren Silber von denen jeder **ca.** 100 Pfund wiegt.

Unterdessen schlägt die Schiffsuhr drei und ich bemerke wie der Sternenhimmel zu verbleichen beginnt, und die Morgenröte bereits anbricht. Es hat in der Nacht geregnet und das Verdeck ist naß davon. Jetzt ist der Himmel klar.

Um ¼4 Uhr ist das Umladen beendigt und der kleine
Dampfer entfernt sich wieder. Die Matrosen heben die
Treppe, bringen Alles in Ordnung und als die Uhr vier
schlägt wird kommandiert die Anker zu heben. Zehn starke
Bäume von der Länge und Dicke einer starken Deichsel
werden zu diesem Zweck in eine große Winde im Hinter=
teil des Schiffes gesteckt und die Matrosen und Leute aus
dem Zwischendeck gehen an die Arbeit, zwei bis drei Mann
an jeden Baum und dann geht es wie an der Mühle.
Die Matrosen stimmen dazu ein Lied an und Alles singt
mit. Jeder Vers endet mit: „He hie hallala, falladra,
falladra." In 15 Minuten ist die Arbeit geschehen und
unmittelbar darauf beginnt die Maschine zu arbeiten.

Mittlerweile ist es Tag geworden und bevor wir den
Hafen verlassen, können wir noch seine vorzügliche Lage
beurteilen. Von drei Seiten zwischen hohen Bergen öff=
net er sich nur nach der Südseite und auch von da ist er
teils verbaut, was durch natürliche Vorteile als mit Fels=
blöcken im Wasser noch sehr begünstigt ist. Auf diese
Weise hat Plymouth eine Lage, daß man vom Canal aus
die Stadt ganz nahe vorüberfahren kann ohne sie zu be=
merken.

Nicht lange da befanden wir uns wieder im offenen
Wasser und sahen um 5 Uhr die Sonne, wie noch nie
zuvor über den englischen Bergen aufgehen. Vielleicht wie
zum ersten auch wohl zum letzten Male, daß wir auch von
dem Mond im Canal, zwischen Englands und Frankreichs
Küste uns freundlich bescheinen ließen. Nach dem legte
ich mich noch eine Weile auf's Lager bis die Frühstücks=
glocke wieder weckte. Als ich später wieder auf's Verdeck

ging, sah man nur noch in weiter Entfernung die Berge an
Englands Küste. Bald hatte das Auge, was das Land
betrifft, wieder jeden Anknüpfungspunkt verloren, doch
hatte es noch nicht elf Uhr geschlagen, als uns bereits die
französische Küste in Sicht kam.

Der Sturm vom 27. August hatte auch bis in den
Canal hineingereicht und der Hafen von Plymouth war
zu jener Zeit ganz voller Schiffe gefahren, die alle dort
eine Zuflucht vor dem Orkan gesucht hatten. Die Zeitungen
meldeten, daß an 250 Schiffe in diesem Sturme verloren
gegangen sein sollen, unter andern auch ein Dampfer mit
Passagieren. Ein Bremer Dampfer, der einen Tag vor
uns New York verließ, war eine Stunde vor uns bei Plymouth vorbei gegangen. Der verunglückte Dampfer soll
von der Stettiner Linie gewesen sein.

Wir konnten an der französischen Küste zuerst eine Festung unterscheiden, dann kamen einige Felsen in Sicht,
dann ein Berg, auf dem eine Windmühle stand, und auch
eine kleine Stadt oder ein Dorf war zu sehen. Darauf
folgte eine tiefe und weite Meeresbucht und dann wieder
Land. Eine Anhöhe war in der Ferne und fiel dem Meere
zu allmählich ab; somit öffnete sich eine schöne Landschaft.
Wir waren der Küste soviel näher gekommen, daß wir Wie-
sen und Ackerfelder, von Hecken eingefaßt, unterscheiden
konnten. Büsche, Bäume, Häuser, vereinzelt und in Grup-
pen, auch Feldwege waren zu unterscheiden. Die Landschaft
bot angenehme Abwechselung, die uns eine interessante Unterhaltung gab.

Auf Mittag hatten wir uns der Festung Cherburg ge-
naht. Wir liefen etwa um 2 Uhr in den Hafen. Ein

kleiner netter Dampfer wartete schon auf die Pakete und Sachen, so daß wir nicht einmal Anker werfen durften. In einer halben Stunde war er abgefertigt; einige unserer Passagiere verließen auch unser Schiff und gingen mit dem Boote an Frankreichs Gestade und wir konnten um ½3 Uhr wieder unsere Maschine arbeiten sehen. Jetzt nahm unser Schiff wieder die Richtung in den offenen Canal, so daß wir nach und nach uns von der Küste entfernten und sie zuletzt ganz verloren. Einen schlanken Leuchtturm konnten wir noch von ferne sehen, der neben sich noch einen kleinern stehen zu haben schien.

Die Nacht vom 3. auf den 4. September gingen wir zwischen Dover und Calais durch die Meerenge und nun ging es in der Nordsee der Mündung der Elbe zu. Wir begegneten viele Schiffe, auch die Thurinie von der Hamburger Linie ging in einiger Entfernung bei uns vorüber mit Passagieren nach New York.

Um 8 Uhr abends sah man rechts 2 Leuchttürme bei Texel. Freitag den 5. September hörten wir schon früh verschiedene Signale von der Wachtbrücke an den Maschinisten. Ich erriet den Grund und hatte mich, als ich das Verdeck betrat, nicht getäuscht, der Lotse war an Bord gekommen; kurz darauf, etwa um 6 Uhr sahen wir links des Schiffes die Insel Helgoland.

Um ½10 Uhr kamen wir an die Mündung der Elbe bei Kuxhaven. Um 12 Uhr sind wir bei Glückstadt angekommen, wo wir einen andern Dampfer besteigen, mit dem wir direkt nach Hamburg gehen. Nach einer so gefahrdrohenden Fahrt den Hafen zu erreichen, erweckt dankbare Gefühle im Herzen der Landenden. Sie haben mit erfahren was der

107. Psalm B. 23 bis 31 so treffend schildert. „Die mit
Schiffen auf dem Meere fuhren und trieben ihren Handel in
großen Wassern; die des Herrn Werke erfahren haben, und
seine Wunder im Meer; wenn Er sprach und einen Sturm=
wind erregte, der die Wellen erhob, und sie gen Himmel
fuhren, und in den Abgrund fuhren, daß ihre Seele vor
Angst verzagte, daß sie taumelten und wankten, wie ein
Trunkener, und wußten keinen Rat mehr; und sie zum
Herrn schrieen in ihrer Not und Er sie aus ihren Aengsten
führte, und stillete das Ungewitter, daß die Wellen sich
legten, und sie froh wurden, daß es stille geworden war
und Er sie zu Lande brachte nach ihrem Wunsch; die
sollen dem Herrn danken um Seine Güte und um Seine
Wunder die Er vor den Menschenkindern thut, und Ihn
bei der Gemeine preisen und bei den Alten rühmen.

Solches zu thun gab es, als wir am 6. September
zunächst in eine unserer Gemeinden in West=Preußen bei
Marienburg ankamen im Kreise lieber Geschwister und in
der großen Versammlung, gute Gelegenheit und acht Tage
später am endlichen Ziele unserer langen und wichtigen
Reise in der eigenen Gemeinde in Südrußland in Alexander=
wohl, wo wir unsere Berichte abzustatten verpflichtet waren,
auf's neue.

Am wichtigsten bleibt es aber doch wenn man im eige=
nen Familienkreise nach 5monatlicher Abwesenheit sich wieder
begrüßen und umarmen darf, mit den eigenen Hausgenos=
sen, und sich freut, daß keines unter ihnen beim Willkom=
men fehlt. Danket dem Herrn, denn Er ist freundlich und
Seine Güte währet ewiglich!

Nach 24 Jahren bleibt mir diese Reise mit ihren ern=

sten und erfreulichen Erfahrungen in wertvollem Andenken;
sie ist ein Teil der wichtigen Erziehung auch meines inneren
Menschen. Der Herr möge das, was ich auch zum Bau
Seines Reiches, bei dieser Gelegenheit in Schwachheit beizu=
tragen Gelegenheit hatte, zum Segen machen. Oft erinnere
ich mich im Stillen mit dankbaren Gefühlen gegen Gott und
viele lieben Geschwister der warmen Teilnahme, die ich über=
all erfahren durfte. Der Herr wird den Betreffenden ein
Vergelter sein.

*   *   *

Die zwölf Kundschafter, die dazumal gemeinschaftlich
die Reise machten, sind hier in den verschiedenen Staaten
sehr verstreut und verschiedene von ihnen, wie z. B. der
liebe Bruder W. Ewert, hat schon unterdessen eine noch
wichtigere Reise aus der Zeit in die Ewigkeit unternommen
und auch ich stehe mit meinen 76 Jahren an den Pforten
derselben.

Nach dieser unserer Reise über Land und Meer im
Jahre 1873 nahm die Auswanderung unserer Glaubensge=
nossen aus Rußland gleich im folgenden Jahre 1874 einen
ernsten Anfang. Fünf große stark bevölkerte Dörfer, die
sogenannte Bergthaler Kolonie, verkauften ihre Feuerstel=
len und gingen über England und Canada nach Manitoba.
Die Alexanderwohler Gemeine an der Molotschna wanderte
zum größten Teil aus und wählte sich Kansas zur neuen
Heimat. Nach Minnesota wurde der Anfang schon im
Jahre 1873 von einer Anzahl Familien gemacht und in
den folgenden Jahren bis 1880 wurde Dakota und Nebraska
sehr zahlreich mit Mennoniten bevölkert, und alle schon

genannten Staaten erhielten jährlich einen namhaften Zu=
wachs.

Von West=Preußen schlossen sich dieser Auswanderungs=
bewegung eine ansehliche Anzahl Familien an, die hier
teils in Kansas, teils in Nebraska eine neue Heimat fanden.

Alle die Schiffe, die diese Auswanderung beförderten
hatten ohne jede Ausnahme, soweit mir bekannt ist, eine
glückliche Ueberfahrt.

So erfuhr dieser Auswanderungszug unzweifelhaft,
mit seinen wichtigen Gründen, die Anerkennung und Hilfe
des gnädigen Gottes.

Gelobet sei sein herrlicher Name!

CPSIA information can be obtained
at www.ICGtesting.com
Printed in the USA
LVHW102042010223
738428LV00002B/182

9 783368 607333